Cerrados, frevos e minuanos

Lourenço Dutra

Cerrados, frevos e minuanos

Ler Editora

Brasília, 2012

LER Editora Ltda.
SIG Quadra 04 Lote 283 - 1º Andar
Tel.: (61) 3362-0008 - Fax: (61) 3233-3771
lgeeditora@lgeeditora.com.br
www.lgeeditora.com.br

Autor
Lourenço Dutra

Diagramação e capa
Samuel Tabosa

Revisão
Vanessa Paiva

Foto do autor
Tainá Colombo

DADOS INTERNACIONAIS DE CATALOGAÇÃO NA PUBLICAÇÃO (CIP)

Dutra, Lourenço
Cerrados, frevos e minuanos. / Lourenço Dutra. - Brasília: LER Editora, 2012.
124 p.

ISBN 978-85-64898-11-0

1. Literatura juvenil. 2. Contos. I. Título.

CDU 82-34

Obra em conformidade com o Acordo Ortográfico da Língua Portuguesa

Cerrados

Aos meus pais Lourenço Francisco Dutra *pai* (*in memoriam*) e Cacilda Fernandes Habckost.

Aos meus irmãos Carla e Marco Antônio.

Às minhas sobrinhas e sobrinhos Clarissa, Viviane, Laura, Isabela, João e Marquinho.

E aos amigos Hélio, Edson, Júlio, Augusto, Eric e Claudio Deprê.

Frevos

Aos meus tios Miriam e Coelho (*in memoriam*).

Aos meus primos com "T":
Tadeu, Taciana, Tácito, Telmo e Tiago.

Aos meus primos Vital e Adjane.

Minuanos

Aos meus avós Valter e Gertrudes (*in memoriam*).

Aos casais de tios Clécio e Lena, Dirce e Luis Carlos, Ane e Beto, Ciro e Vanda.

Ao padrinho e tio Ivânio, e aos primos Lucas e Dudo.

Sumário

Cerrados

Frevos

Minuanos

Cerrados

Pacheco Fernandes Dantas

– Pensei que era guerra.
A fuzilaria me fazia lembrar pipoca na panela.
E o chefão deles gritava: "É pra matar! Estes porcos não valem nada".
– Foi um verdadeiro inferno. Quanto mais caía gente no chão,
mais eles atiravam.

Jornal Binômio, Belo Horizonte, 16/02/1959.

A noite não dormia, tinha visões terríveis e os seus familiares
tinham de amarrá-lo à cama.
Tinha atirado sobre os candangos e não sofrera a mais mínima punição.

Hermes Aquino Teixeira, *No tempo da GEB (1956-1960) – Trabalho e violência na construção de Brasília.*

I

Os mais fortes foram recrutados da fila.

Levaram-nos para um galpão. No caminho, passos lentos, arrastados, intermináveis. Chegaram. Sentaram-se em cadeiras de madeira e ficaram ali, naquele calor, naquela secura, por alguns minutos. Entrou um homem magro, rosto ossudo, forte sotaque mineiro.

Disse que em Brasília não existia polícia e que eles receberiam armas, uniformes, capacetes. Mínimo treinamento. Seriam guardas da GEB. Responsáveis pela paz e pela ordem nos canteiros. E perguntou:

– Alguém não quer? Se nega?

Silêncio. Todos concordaram.

– *Ocês* vão dar conta da fiscalização, já que por aí *tá* cheio de gente bêbada, preguiçosa e arruaceira. Tem muito operário que faz corpo mole, rouba material, cimento, tijolo, ferro... e a construção da cidade não pode parar! A data *pra* inaugurar *taí*: 21 de Abril de 1960. Em sujeito ladrão, pilantra, é *pra* descer a ripa. Estamos entendidos? Sim ou não?

Silêncio do grupo. Ele repete:

– Sim ou não?

– Sim – responde o grupo, vibrante, em uníssono.

Coral tosco, mal ensaiado. Canto gregoriano da obra futurista. Gestapo brasiliense. Falta de água, saneamento. Mas regada a muita poeira. Muito pouco discernimento.

II

Trabalhava num andaime para erguer as paredes do Teatro Nacional. O sargento se encaminhou até mim. Usava um uniforme de cor marrom e na boca carregava uma risada cínica.

– Ô, peão – me chamou.

Percebi que era comigo, mas não me virei.

– Ô, peão, *tô* falando com você.

Não me virei. Um colega de serviço me cutucou.

– *Tá* louco, rapaz! Quer morrer? O homem da GEB *tá* te chamando ali, *ó* – e apontou.

Virei-me.

– *Tá* falando comigo?

– *Tô*.

– Meu nome não é peão. Tenho nome.

O sargento riu alto, bonachão. Cutucou um cabo e um praça que, para agradar ao sargento, também riram.

– E como é o teu nome?

– Saturnino.

– Pois bem: Saturnino, tu *é* nordestino?

– Goiano.

– Pena! Os nordestinos são mais ferozes, cabras machos, dispostos. Mas você me parece ter bons braços, me parece aguentar o tranco. Goiano de onde?

– De Pirenópolis.

– Aqui pertinho...

– Isso.

– Quer ser soldado da Guarda Especial de Brasília?

Parei instantes, pensando.

– E o que eu ganho com isso?

– Cinco mil cruzeiros por mês, uma farda, um cassetete, um revólver, um capacete, um alojamento decente, comida boa, e roupa lavada. Quer?

Quando ele mencionou alojamento decente, comida boa, e roupa lavada, aceitei na hora. Estava cansado dos piolhos, das sarnas dos alojamentos. Estava cheio dos carunchos que nadavam em meio ao feijão.

– Apresente-se amanhã na Cidade Livre e fale com o inspetor Expedito. Ele te dará outras instruções.

Virou-se e se foi seguido de perto pelo cabo e pelo praça. Subiram num jipe e aceleraram, levantando um redemoinho de poeira vermelha.

III

Apresentei-me no local e hora designados.

Não era bem um batalhão. Parecia algo que já vira nos filmes. Um grupo amontoado, paramilitar. Pareciam mercenários fardados. Mas a minha preocupação era outra: comida boa, alojamento limpo e água corrente.

O inspetor Expedito era de Goiânia. Descobri que a GEB era subordinada ao governo de Goiás. Disseram-me que era ilegal a constituição de uma polícia em um lugar que oficialmente não existia. Esse lugar era Brasília.

Não tive treinamento. Munido de capacete, uniforme apertado, arma no coldre, me vesti e já saí para a rua em um caminhão. Chegamos uns dez guardas ao todo no pátio da Construtora Rabelo. Dois peões bêbados faziam arruaça. Reclamaram da comida, ameaçaram bater no cozinheiro.

O sargento que me convocara no dia anterior dirigiu-se até os desordeiros. Com um sinal de dedos, foram imobilizados nos braços e carregados até um descampado. Éramos onze, contando o sargento, contra dois. Onze sóbrios contra dois bêbados. E eles foram surrados. Surrados impiedosamente. Cuspiram sangue e dentes. Foram chutados e levaram muitos golpes de cassetetes. Um deles gritava que não estava enxergando, que ficara cego, os olhos realmente estropiados. Deu-me vontade de vomitar, mas aguentei firme. Precisava mostrar para o sargento e para os pernambucanos, cearenses e paraibanos que eu também era macho.

IV

Dia de pagamento da peãozada era um dia complicado. Eles recebiam no sábado e enlouqueciam. Bebiam, brigavam e se furavam com peixeiras nos botecos, trocavam garrafadas. As filas das zonas em Luziânia e na Cidade Livre davam voltas. Mas a ordem era acabar com tudo: bebida, mulher, baderna, à meia-noite.

Ri comigo mesmo. Depois de dois anos na GEB eu não me sentia mais um peão, um operário da construção. Agora eu era um sujeito respeitado, importante: um cão da Guarda Especial de Brasília. Sujeito que um belo dia espancara Genival, o potiguar mais temido, cabo forte, truculento, briguento. Mexeu comigo. Chamou minha mãe morta de quenga e eu soquei o seu queixo tão forte que ele caiu desacordado no meio do alojamento. Cena engraçada. Um homem forte daquele jeito, dormindo feito criança. Tudo efeito *dum* direto. Babando, caído, o pivô saindo da boca.

Depois desse dia o respeito dos outros por mim subiu mais que o Sputnik. Ninguém mais me encheu. Nem sargento, nem cabo, nem inspetor, muito menos praça.

Mas o sargento veio com outra missão. Arruaças na casa de Dona Cotinha, puteiro de Luziânia. Parece que uma das meninas foi cortada com navalha. Subimos no caminhão e fomos trepidando por uma estrada ruim observando os anuns voando e as árvores retorcidas do cerrado.

Luziânia era uma cidade pequenina. Parecia ter somente botecos e puteiros. Estacionamos e nos dirigimos até a porta onde se formava uma fila imensa. Uns cem homens de shorts, chinelos, e camisas de algodão com botão esperavam no sol dar a sua vez. O sargento entrou, acompanhado por mim e um praça.

– Onde está o homem?

Dona Cotinha veio nos receber. Nervosa, apreensiva, falava cuspindo.

– Ali, *ó*, dentro daquele quarto. A menina *tá* lá chorando de dor, se esvaindo em sangue. Ele falou que vai matá-la.

– Vamos ver, então...

Foi até a porta e bateu.

– Aqui é o Sargento Duarte. Vou abrir a porta agora e você vai deixar essa moça sair daí, ouviu?!

O homem lá dentro riu.

– Sargento, tenente, capitão, *pra* mim é tudo a mesma merda. Quero te ver entrar. Entra, se *for* homem!

Desafiado, o sargento deu com o pé na porta uma, duas, três vezes. Não teve forças para arrombar trinco e tranca.

– Saturnino, vem cá. Abre essa merda dessa porta.

Frente à porta dei uma pezada e ela abriu de primeira. Quarto sujo, com lençóis encardidos e cheiro de saponáceo. Algoz e vítima num canto. A cama toda ensanguentada, as tripas da menina aparecendo, ela chorando de medo e de dor. O sujeito estava com a navalha encostada na garganta dela.

O sargento não brincava em serviço. O homem era bom de mira. Sacou o revólver sem falar mais nada, mirou e atirou na testa. O sujeito foi jogado *pra* trás e largou a menina com as tripas penduradas. Ela, gritando muito. Dona Cotinha, gritando muito; as outras putas, gritando e chorando muito. A menina foi levada para o hospital, mas chegou morta. Perdera sangue demais e falaram de uma tal de infecção.

De volta para Brasília, o homem, com a bala alojada no crânio, teve o corpo atirado no meio do cerrado.

– Deixa essa porqueira aí *pros* urubus. Um bosta desses não vale nem enterro, nem oração, nem comunicado à família. Que se dane *pra* lá – e o sargento sorriu aquela risada cínica que eu já conhecia bem.

V

Enquanto o Brasil dançava ao som das marchinhas, o carnaval no canteiro era regado a trabalho duro, diário, incessante. Marchinhas cantadas pelo som de betoneiras, de estacas batidas, movimentos de jipes acelerados.

Dia 8 de fevereiro de 1959 era um domingo e fomos chamados por um representante da Construtora. Quando gente rica pede é uma ordem. Quando gente pobre reclama é um perigo.

– Peões filhos da puta! – ouvi o sargento dizer, em conversa com o inspetor Expedito. Parece que há um motim no acampamento da Pacheco Fernandes. Uns engraçadinhos reclamaram da comida e jogaram pratos, garfos, facas e panelas *pra* cima.

O inspetor coçou o bigodinho fino.

– E o que mais?

– Expulsaram um pequeno destacamento nosso que apareceu por lá e não deixaram que prendessem os dois bêbados arruaceiros.

Expedito bateu na mesa. Isso eu vi com os meus olhos ainda não comidos pelos vermes. Pegou um quepe, um abrigo, chamou o sargento, acordou o destacamento no alojamento e em dez minutos estávamos todos acomodados no caminhão.

Contei rapidamente e me pareceu que éramos mais de sessenta entre praças, cabos, inspetor, sargento e motorista. As armas também eram inéditas. Não levávamos apenas revólveres e cassetetes. Visualizei, ao chão, metralhadoras e fuzis.

Fomos sacolejando no meio da poeira, que parecia infindável. A noite silenciosa, a cidade ainda não inaugurada, arquetípica, deserta. Do lado visualizei o lago recém-completado. Nele, apenas o reflexo da noite. Reflexo de estrelas. Nenhuma lancha, nenhuma jangada, nenhum barco.

Entramos no canteiro de obras. Paramos bruscamente. Descemos. O sargento olhou para dois operários sentados, tranquilos, à frente de um alojamento de madeira. Escutavam músicas de carnaval que saíam de um radinho. O sargento empunhou uma metralhadora e cuspiu a rajada. Os dois foram arremessados para trás e caíram gemendo. Alguns passavam. Outros operários, que rapidamente perceberam o perigo, correram. Não adiantou. Foram perseguidos, alcançados e mortos.

Tiros pipocavam por todos os lados. Gente correndo, desesperada. Gente grudada nos arames farpados, em tentativa de fuga. Outros soldados gritavam e eu não sabia se era de loucura ou prazer. Parecia um bangue-bangue. Um filme de John Wayne com duelo ao amanhecer. Com a diferença de que somente nós tínhamos armas.

Expedito mandou passar fogo. Deu ordem para que atirássemos nos barracos e demos nos gatilhos com vontade. Eu atirei, atirei, acertei tudo o que se movia e não usava farda ou capacete. Depois de uns vinte minutos arrombamos um alojamento e atiramos em alguns que se escondiam nos cantos e atrás das redes. Os sobreviventes, tangemos para fora e espancamos com toda a vontade e o ódio do mundo. Tapas na cara, chutes, botinadas, socos com as mãos bem fechadas.

Mais ou menos uma hora depois chegaram uns caminhões e foram recolhendo os corpos. Não cheguei a contar, mas eram muitos. Homens mutilados, sem braço, sem perna, com a cabeça toda estourada. Fisionomias estranhas congeladas nas faces dos mortos. Surpresa, dor, medo.

Voltamos para o nosso alojamento com a certeza do dever cumprido. Mas algo me incomodava. Eu tinha a impressão de que conhecia muitos dos operários ali estirados. Gente morta. Certamente colegas de obra do tempo das britas, das armações de ferro e cimento. Achei melhor não pensar nisso. Mas não consegui. O pensamento ia crescendo em minha mente, aumentando na minha cabeça.

Nos dias seguintes tive a impressão de que enlouqueceria. Pedi baixa e voltei para a fazenda em Pirenópolis. Voltei para a ordenha e o fabrico de queijos e doces de leite com meus pais. Na cavalhada mudei de lado. Era cristão e agora sou mouro. Invasor ibérico. Lembrei-me da pouca escola que tive. Da palmatória, dos castigos, dos livros de História. Recordei de passagens sobre invasões e cruzadas. Quis conhecer a dor dos dois lados. Ciclo completo. Achei mais apropriado.

Esperança vermelha

Para Vladimir Carvalho

Prédios e sonhos erguidos em meio ao ermo.

Acampamento cheio, improvisado. Ritmo de cidade em construção. Babel nacional: maranhenses, goianos, mineiros, paraibanos, pernambucanos, paraenses, gaúchos, piauienses, paulistanos. Todos explorados, calejados, esperançosos.

A capital da esperança acelerando na velocidade de jipes, rurais, decavês, gordinis. Eldorado da poeira, da arquitetura futurista, e do concreto armado. Terra vermelha. Espécie de solidão corrosiva, de luta contra o nada.

Tratores, *patrols*, de esteira, retroescavadeiras. Todos americanos, como o dinheiro emprestado para tocar o projeto. Matéria humana genuinamente nacional. Gente pobre, calejada, sofrida.

Armações de ferro por todos os lados. Toneladas infindas de cimento, tubulações e brita. Areia branca, rosa, saibrosa. Mistura rápida nas betoneiras. Candangos correm de um lado ao outro no canteiro sem flores, sem plantas, sem verde. Canteiro sim, mas de obras. Muito suor, muita terra vermelha revolvida, espalhada.

Obras para todos os lados. Fatigantes, massacrantes, exaustivas. Rodízio de trabalhadores em turnos de 12 horas ininterruptas. Obra 24 horas no ar, nas pernas e nas mãos. Operários sem preparo e sem equipamentos despencam nos ares. Do Congresso, dos blocos, dos ministérios. Gente sonolenta, cansada, mal alimentada. Arquétipos de prédios e instituições que não param.

Lá embaixo, gente preparada para sumir com corpos, com gente, com mortos esfacelados. Lá em cima, gente treinada para abafar a mídia, driblar jornais, revistas, e os críticos mais acirrados.

Dizem que alguns jazem entre paredes, gente misturada ao cimento e à brita dos palácios. Candangos desaparecidos antes mesmo da ditadura. Conterrâneos meus, seus, nossos. Conterrâneos velhos de exploração e de sofrimento. Conterrâneos velhos de guerra.

Encontro

I

Talvez para divulgar sua cultura. Quem sabe, por ser carnaval. Numa equivocada dança do acasalamento, ele esboçou passos de frevo. Ferrolho, dobradiça, tesoura, locomotiva. Ela pensou que ele estivesse bêbado. Mas esse passo ele não efetuou. Ao fim da coreografia ela teve certeza de que ele era louco. Um louco patético, charmoso. Ele se parecia com um James Dean nordestino, com aquele topete revolto na testa. Lembrava uma espécie de Paul Newman com aqueles destacados olhos azuis. Um playboy genuíno com uma lábia de mercador das arábias. Papo de vendedor extraordinário daqueles que batem metas atrás de metas.

Ela estava sentada frente à mesa. Cansada, achava que já pulara o suficiente. Ele insistia, puxava pela mão, sorria. No palco a orquestra atacava clássicos de Momo. As letras preocupadas com a cabeleira do Zezé, e afirmando que era dos carecas que elas gostavam mais. Ela aceitou e seguiu até o meio do salão. Ele enlaçou sua cintura e saíram rodopiando em meio aos foliões vestidos de Tarzan, Pafúncio, Cleópatra e Mata Hari.

– Posso saber seu nome?

– Pode! Cecília.

O som muito alto.

– Marília?

– Não! Cecília.

– Entendi agora. Eu me chamo Leôncio.

– Como?

– Leôncio.

O som abaixa um pouco enquanto um dos cantores bebe água.

– Você é de onde?

– Do sul.

– Do Rio Grande?

– É, sou do sul.

– De qual cidade?

– Vacaria. Já ouvistes falar?

– Já. Eu sou de Pernambuco. De uma cidadezinha chamada Limoeiro.

– Muito pequena?

– Minúscula. Conhece o nordeste?

– Não.

– Se você casar comigo te mostro tudinho.

Ela riu.

– Tu *tá* rindo do quê?

– Do teu sotaque. Você fala o "T" bem acentuado.

– Isso é fato. Como é fato que me apaixonei instantaneamente.

– Que história é essa? Acabei de te conhecer e já propões casamento! Coisa de homem maluco...!

– Maluco por você, minha deusa! Logo que te vi no baile fiquei hipnotizado como o rato frente à serpente, e corri na tua direção.

– Pensas que não te vi pulando com outra antes de me cercar?

– Era uma amiga. Coisa sem importância.

– Dizem que é impossível a amizade entre homens e mulheres.

– E pais e filhas, irmãos e irmãs?

– Isso aí não conta. Agora, entre primos e primas, as coisas já começam a surgir.

– Coisas? Que coisas?

– Tu sabes muito bem. Coisas entre homens e mulheres.

O cantor retorna ao palco com a sede e a necessidade de banheiro saciadas e a orquestra reinicia e redobra o volume da execução.

– Posso te levar em casa depois do baile? – ele arrisca.

– Amanhã eu volto. Gosto mais do último dia de carnaval. Nos encontramos aqui – ela se despede. Meus amigos já estão indo.

Ele fica parado no meio do salão, sozinho, sem par.

– Até amanhã – ele insiste, num grito.

– Até amanhã – ela se vira e sorri.

II

Ela segue abraçada com um rapaz. O outro se aproxima e toca-lhe as costas. Carrega uma fisionomia irritada.

– Quem é esse aí?

– Primeiro: boa noite! Esse é o Alan, meu colega lá da escola. Ontem não te falei: sou professora.

– Você vai ficar muito tempo pulando com esse sujeito, esse Alan?

O homem que a abraça se indigna.

– Cecília, quem é esse aí?

– Conheci ontem aqui no baile.

O recém-chegado endurece o tom.

– Se você resolver pular com um homem de verdade eu estarei ali naquela mesa – e aponta com o indicador esquerdo.

– Homem de verdade? Que história é essa? – ela retruca.

– Um homem de verdade, que não use saias – e riu.

O amigo dela, não.

– Que história é essa de saias? Deixa de ser ignorante, ô, rapaz. É carnaval e eu estou usando um saiote escocês.

– Teu saiote lembra as saias da minha irmã lá no nordeste.

– Então tu *é* nordestino? Tinha que ser...!

– Que que tu *tá* falando aí do nordeste, cabra? Quebro essa tua cara de carioca.

– Carioca é o escambau. Eu sou capixaba, seu ignorante!

Ela se mete no meio.

– Rapazes, rapazes, por favor. Deixemos essa peleja *pra* lá. Agora não quero mais dançar com nenhum dos dois. Estou me retirando e vou me sentar ali naquela mesa junto com as minhas colegas de escola. Peço, por gentileza, educação e civilidade; que não se matem, principalmente por minha causa, e mais ainda por se tratar de uma noite de alegria, uma noite de carnaval – e foi sentar-se onde havia prometido.

Os dois se encararam, bufaram como minotauros. Balançaram as cabeças em sinal de negação. Finalmente deram as costas um para o outro. Um enlaçou uma moça que passava sozinha e saiu rodopiando pelo salão. O outro foi até o bar e pediu um tira-gosto e uma Cuba Libre.

III

Tocou a campainha. Ela olhou pelo olho mágico e descobriu quem era. Abriu a porta com cuidado.

– Você? Como tu descobriste o meu endereço?

Ele sorriu de orelha a orelha

– Um amigo que é jornalista me deu.

– Quem?

– O Adirson.

– Tu *é* amigo do Adirson?

– Muito.

– E então?

– E então digo eu... Não vais me convidar para entrar?

– Para entrar não, claro que não entras. Não te conheço direito! Depois daquele ataque machista lá no baile fiquei com um pé atrás em relação a ti.

– Que tal um sorvete, então?

Ela faz charme. Um charme não calculado que dura pouquíssimos segundos.

– Pode ser *banana-split*? Adoro *banana-split*.

– Claro.

– Vamos a pé?

– Eu estou de carro. Peguei um jipe de um amigo.

– De carro, é? Perigoso, muito perigoso. Não te conheço bem...

– E se ficar com esse *nhém-nhém-nhém*, não vai conhecer nunca. Fica tranquila. Temos amigos em comum. Qualquer coisa é só ligar para o Adirson.

– ... ou para a polícia... ou para o necrotério...

– Não exagera – ele ri. E então, aceita dar uma volta?

Ela pensa um pouco.

– Tudo bem.

Saiu, fechou, trancou a porta, e se dirigiram até o jipe. Subiram, ele deu na chave, ligou o motor, jogou a primeira, e o veículo seguiu. Ruas planejadas, asfalto novo, de qualidade, muita terra ao redor. Margens e mais margens de tintura avermelhada.

– Tu *faz* o que, afinal? – ela, curiosa.

– Mexo com madeira.

– De que tipo? Dessas que usam *pra* fazer móveis?

– Viajo e compro postes que servirão para iluminação pública.

– Como esse aí – disse ela, apontando para um, ao lado da via.

– Exatamente.

– Não me parece um emprego muito seguro. E se um dia desses eles resolverem não mais usar postes de madeira? Se resolverem usar de ferro, por exemplo?

– Daí eu estou frito, terei que arranjar outra coisa *pra* fazer.

– Já vi que estou me metendo numa fria. Olha lá, hein. Sou professora e não ganho o suficiente para me sustentar e sustentar homem também.

– Quer dizer que pensou na minha proposta?

– Pensei, pensei muito e cada vez me certifico mais de que tu és uma pessoa maluca.

O sol e o vento batiam na pele descoberta de braços e rostos. O vento jogava mechas de cabelos para cima e para os lados. Ambos repararam que usavam calças. Ele uma de tergal e ela uma no estilo equitação. Estacionaram no comércio local da quadra semideserta. Uma DKW-Vemag e uma Romiseta dividiram o espaço com o jipe. Desceram, entraram, sentaram-se. Ele pediu uma casquinha com duas bolas de chocolate; ela, uma *banana-split*. Quando foram servidos ele arriscou um beijo molhado e ela virou o rosto. Ele, sem graça, disfarçou e localizou na parede uma foto do presidente Jânio Quadros. Homem magro demais, bigodinho ralo e caricato logo abaixo do nariz.

Ele serviu duas colheradas de sorvete na boca. Antes, ela timidamente mostrou os dentes, recebeu a substância doce, gelada. Sorriu sem graça, um tanto deslocada. Começaram a namorar em um mês, depois de uma sessão de cinema no Cine Brasília. O filme, *Duelo de Titãs*, faroeste com Kirk Douglas e Anthony Quinn.

Depois de alçada a namorada o primeiro presente que ela ganhou foi um galho de aveloz. Ela achou engraçado, diferente, exótico. Meses depois foi a vez do chocalho de uma cascavel que ele havia matado numa fazenda em Goiás. Ela esboçou uma reação enérgica, destemperada – afinal, não entendera o presente. Não compreendera o chocalho, se metáfora, prenúncio, pureza, ou falta de respeito.

Aconteceu de galho e chocalho juntarem-se em destaque na prateleira da sala. E eles continuaram saindo, sempre se vendo. Ele sempre amistoso, brincalhão; ela, um pouco desconfiada, por vezes distante. Até que perceberam a paixão que um sentia pelas peculiaridades do outro, e como se atraíam. Em poucos meses noivaram e em menos de um ano e meio se casaram. Tiveram um filho; e ela, ainda apaixonada, quis homenagear o marido. A moda norte-americana fez com que ele fosse Junior, e não Filho.

E a cidade continuou empoeirada, sua população ilhada, sem opções de lazer; distante de tudo e de todos que se pudesse imaginar, tocar e ver. E viveram muitos anos. Uma parte deles, felizes. A outra parte, num misto de cansaço e comodismo. Numa eterna expectativa de que tudo vai melhorar e de que juntos eles voltarão aos bons tempos. Tempos dos galhos de aveloz, de chocalhos de cobra, de *banana-split* e de passeios de jipe. Passeios em linha reta, sempre em frente, rumo ao horizonte infinito oferecido diariamente pela cidade sem esquinas.

Planalto

Pelotas espinhosas explodiram na minha testa.

Fui acertado e cocei o lugar alvejado. Guerra de mamonas é assim. Não existe trincheira que nos esconda inteiramente.

À frente da 312 Norte o campo do Radar. Descampado que engloba mato, pássaros feios pousados em árvores baixas e retorcidas. Urubus, pardais, papas-capim.

Frajola grita do outro lado:

– Te acertei!

E eu respondo:

– Claro.

– *Tá* doendo?

– Nada. Sou menino, se esqueceu?

Jogo uma bolota. O caminho no ar é reto, sem curvas, desvios. Acerto a sua boca aberta. Ele golfa, engasga e cospe.

– Essa foi maldade!

– Me vinguei, fiz igual! – respondi, sorrindo.

Ao fundo a superquadra. Cidadela medieval no meio do cerrado. Onze blocos, setecentos e noventa apartamentos, mais de três mil moradores. Cidadezinha do interior cercada por mato, envolvida em sonhos e solidões. Dia estorricante, céu tão claro que doía os olhos, latejava a cabeça.

Na hora da lua e das estrelas tudo muda. Noite iluminada pela eletricidade que vem, que some, que falha. Apagões diários, escadas repletas de velas acesas nos corrimãos, entre os andares. Gente titubeante quase cega guiando-se pelos braços, apoiando-se nos ombros dos mais novos.

Manhãs e tardes repletas de operários. Imenso canteiro. Quadras erguidas, sonhos meio realizados, meio frustrados. Capacetes e luvas coloridas por todos os lados.

– Quer continuar a brincar de guerra de mamonas?

– Não. Cansei.

Respondo e passo as mãos pelo rosto. Estou com sede e muito suado. Levanto-me e olho para os lados. Avisto uma cobra que serpenteia em meio ao pasto. Colorida, coral. Recuso-me a dar sopa para a morte. Não me aproximo, nem examino a cabeça do bicho. Não quero verificar se é triangular ou não, se é a falsa ou a verdadeira e venenosa coral.

Frajola surge do meu lado.

– Deus do céu, uma coral!

Ele pega uma pedra, mira e acerta o bicho no meio do corpo. O animal começa a se bater nervosa e insistentemente no chão. Corda de pular colorida conduzida com maestria. Instigada pelo golpe, pela mira. Faz menção de arremessar uma segunda e eu impeço.

– Por quê?

– E se fosse você?

– É uma cobra, tem veneno e pode picar alguém.

– Você gostaria de levar uma pedrada?

– É um bicho perigoso.

– Tem muito mais coisa perigosa por aí.

– Como o que, por exemplo?

– Sei lá... Tarados, assassinos, professores de matemática...

– Professores de matemática?

– É.

Entreolhamo-nos e caímos no riso. Riso solto, constante, quase interminável. Olhamos para as nuvens muito brancas, o céu muito azul. Avisto uma ave de porte médio planando. Nesse exato instante um gavião, que peneirava no ar, mergulhou. Com suas garras afiadas em um rasante, e um movimento preciso, apanhou e levou a cobra para os céus.

– Você viu isso?

– Claro!

– Será que a cobra não pode picar o gavião e ele morrer?

– Essa cobra não tem nenhuma chance. Virou comida.

– Ele é imune ao veneno?

– Acho que não. E você?

– Eu o quê?

– Você é imune a rajadas de mamonas? – e lancei uma em sua boca.

Arremessei uma, joguei outra e mais uma. Frajola engasgou, tossiu, engoliu. Tentou cuspir. Não conseguiu. Rosto arroxeado, expressão de desespero, sem ar. Fui até ele e golpeei suas costas com força, a palma da mão aberta. Ele cuspiu a bolota verde e voltou a respirar. Ergueu os olhos. Uma lágrima escorria de cada olho.

– Assim você me mata como o gavião matou a cobra.

– Desculpe.

Silêncio de alguns segundos.

– Você acha que ela morreu?

– Já virou comida há muito tempo!

– Melhor assim. Bicho perigoso. Podia picar alguém.

Não concordei, nem duvidei. Ele aproximou-se de um monte de capim e colheu algumas hastes de carrapicho. Lançou todas ao mesmo tempo em minha direção. Elas grudaram no meu short, no meu par de kichutes, nos meus braços, nos meus cabelos. Gemi, me cocei todo. Olhei bem dentro dos olhos dele e falei:

– Isso é maldade, sabia?

Ele não disse nada. Limitou-se a sorrir com um riso estranho, um riso maldoso, escarninho, cruel.

Cenas familiares

I

O pai tinha essa mania de trancafiar o menino no carro e sair para resolver coisas do dia-a-dia: banco, comércio, vendas. Fizesse sol ou fizesse chuva, ele dava na chave e saía. O menino de uns três anos ficava lá, sozinho, dando uns petelecos no bonequinho Topo Giggio pendurado no retrovisor. Olhava o redemoinho lá fora, a poeira vermelha levantando, os poucos passantes sendo envolvidos, sufocados. Ele suava no abafado, sozinho, calado. Um inseto pousou no vidro da frente, ao lado de um dos limpadores de para-brisas. Ele sorriu. Cutucou, tamborilou no vidro. Mas a colorida e pequenina joaninha não voou. Começou a pular no banco do motorista. Com os bracinhos, segurava o volante. Puxava e empurrava, empurrava e puxava. De repente fez um *crac*, barulho e onomatopeia que lhe causaram desespero, o som forte de objeto partido. Ficou com o volante nas mãos sem saber o que fazer. Perdido, atônito, por poucos segundos. Uns segundos a mais... e caiu no choro. Segurava o objeto, arrancado de maneira insuspeita: criança que de tão nervosa se transformava num Atlas, num Hércules, num Sansão mirim. Remorso, medo de castigo, represália? Isso, não. Seu pai era um homem bom. Ele sentia. Um homem verdadeiramente bom. Não batia, não ralhava, não agredia. Homem risonho, falante, bonachão.

O menino apertava o enorme círculo de madrepérola contra o seu peito de criança. Mãozinhas pequeninas, frágeis, que se tornaram garras nervosas. Avista de longe um homem. Caminha dentro da linha do horizonte. Aproxima-se. Reconhece seu pai. A porta é aberta e o pai enxerga o filho, que chora muito. Lágrimas saltam dos olhos. Alpes e Andes descongelando. Entende rapidamente a cena. A criança chorando, nervosa, o volante arrancado preso em suas mãozinhas.

– Não fique assim, rapaz. Não foi nada. Isso acontece. Eu coloco novamente no lugar – e, com jeito, tomou o volante das mãos da criança.

Soluços acalmados pelo pai, que o pega no colo e senta no banco do motorista. Recoloca o volante, conserta a folga com uma chave de fenda que retirou do porta-luvas. E o filho é acarinhado com um beijo no topo da cabeça. Um menino pequenino, olhos castanhos, cabelos castanho-claros. Um menino que possuía o meu nome, o meu corpo e a minha voz.

II

Fico escondido atrás da poltrona. Deitado no sofá meu pai assiste à luta. Altas horas da noite, televisão Telefunken ligada, imagem em preto e branco que me fascina. Seletor enorme, tela média, caixote de madeira de lei maciça. Projeção, ilusão-luz, tubo de imagem.

Ted Boy Marino está levando uma surra feia do Verdugo. Aquela máscara, aquele uniforme negro, aquela caveira estilizada desenhada no peito davam arrepios. Torço para o Ted Boy, mas ele apanha, e apanha muito. Ele é o herói que usa apenas um calção como vestimenta. Verdugo dá um armiloque, mas desiste, e solta o braço do oponente com violência. Não quer que ele bata, e sim que desista. Não quer vencer a luta imediatamente: levanta-se, sobe nas cordas, e se atira no peito de Ted Boy.

– Deus do céu, ele vai perder! – exclamo, horrorizado.

Meu pai me escuta, se vira e me vê.

– Ué, você está aí? Isso são horas?

– Queria ver a luta...

Minha mãe escuta a minha voz e dá um grito lá do quarto.

– Vai dormir, menino, *tá* na hora, amanhã você tem escola cedo.

Levanto-me vencido, pior que Ted Boy. Meu pai fala baixinho um "Fica aí. Só não faça barulho para a sua mãe não ralhar".

Com cuidado, sento-me na poltrona. Na televisão Ted Boy começa a reagir. Dá uma tesoura voadora no peito do Verdugo, que voa até o outro lado, nas cordas que cercam o ringue. O público enlouquece e começa a gritar o nome do lutador. Verdugo vem arrastando uma perna sobre o tablado e o ringue torna-se pequeno demais para os dois.

Quando a luta esquentava e ficava parelha, pediam os comerciais. Surge um pirata na tela, um papagaio pousado no seu ombro. Usa um tapa-olho e anuncia que a bebida que ele oferece é das melhores. Segue-se a propaganda do novo Gordini e da Vemaguet motor dois tempos. Tecnologia de última geração.

Volta a luta. Os lutadores descansam cada qual em seu córner. Soa o gongo e eles dirigem-se para o centro do tablado. Começa a pancadaria. Verdugo covardemente dá uma cutilada no rosto de Ted Boy. O público se revolta e vaia. Ted Boy Marino cai ajoelhado e Verdugo empurra seu peito com a sapatilha. Ele parece grogue e transparece que não terá forças para reagir. A torcida faz *óóóóós* e *ááááás* intermináveis, exclamações de pavor que pouco interferem na luta. Verdugo levanta os braços e conta vitória antecipadamente. Por baixo da máscara manda beijos debochados para o público que torce por Ted Boy. Ele é um sujo; e Ted Boy, um limpo. Um joga com artimanhas e covardias; e o outro, com lisura e respeito. Ted Boy reage. Vira Verdugo, prende sua cabeça com os dois pés, salta para trás e arremessa o oponente ao outro lado do ringue. A torcida enlouquece. Ele continua. Desfere um golpe de judô, arremessa Verdugo ao chão, senta ao seu lado e vence a luta com uma chave de braço, depois de o oponente bater três vezes no tablado. Eu exulto, meu pai sorri, o público delira.

– Pronto, acabou-se a pachecada. Agora você vai *pra* cama.

Curioso, pergunto:

– Pachecada, o que é pachecada?

– Pachecada é luta armada. Isso tudo aí é combinado. É luta coreografada como no balé. Você já sabe quem vai vencer antes de ela ocorrer.

Fiquei frustrado. Não acreditava, não podia ser.

– Luta armada?

– É, luta armada. Quando você estiver maior, te levo numa luta pra valer: Ivan Gomes, Euclides Pereira, Valdemar Santana, família Gracie. Isso, sim! Esse *Telecatch*, essas lutas da Montilla, tudo armação.

Uma voz vem lá de dentro.

– Ainda acordado? Não falei *pra* você dormir? Não me obrigue a ir até aí. Se eu me levantar te dou umas boas chineladas – minha mãe, reforçando o convite ao sono.

Levantei-me da poltrona arrasado. Estava com aquela palavra gravada na mente: "pachecada". Uma palavra que desconfiei que não existisse. Meu pai criou uma palavra para destruir em poucas frases um dos heróis da minha infância ao lado de *Batman* e *National Kid*. Alguns chamavam marmelada, luta armada. Ele não. Pachecada.

Deitei, dormi, e sonhei que Ted Boy levava uma surra. Uma surra da realidade. Havia sido morto a tiros pelo Bandido da Luz Vermelha. Não deu tempo de armar uma tesoura, de aplicar uma voadora, de esboçar um armiloque. O Bandido simplesmente virou-se para ele e disse: "Você é uma fraude, um picareta, o rei da pachecada do *Telecatch*" – e à queima roupa disparou um tiro na cabeça, e outro certeiro no coração.

Acordei com minha mãe sacudindo-me. Eu chorava e gritava a dor da morte de Ted Boy Marino. Italiano abrasileirado com sotaque argentino. Desses sujeitos assépticos e bonzinhos que a televisão não costuma fabricar mais.

III

Achei que meu pai fosse meu protetor, meu amigo, mas sofri um duro golpe do qual nunca mais me esqueci.

O Brasil havia disputado o terceiro lugar e vencido a Itália na Copa da Argentina com um magnífico gol de bola em trajetória curva de Nelinho, e eu possuía cabelos compridos. Compridos mesmo. Gostava de bandas como *Kiss, Sweet* e *Suzi Quatro* e cultivava as melenas meio palmo abaixo dos ombros.

Meu pai implicava com os meus cabelos, mas nunca radicalizara. Certo dia recebemos um tio do sul, casado com uma irmã de minha mãe. Viera a trabalho resolver alguns problemas na capital e de uma hora para outra foram dois unidos a implicar com os meus cabelos.

– Esse guri, não vai cortar esse cabelo não?

– Oxente, já falei com ele, mas a mãe defende. Diz que o cabelo é dele e que é *pra* respeitar. Frescura!

– Afinal, quem é que manda na casa? Tu ou tua mulher?

Quando essa pergunta foi feita, meu pai se tomou de brios e me pegou pelo braço. Parecia que um clique de um controle remoto maligno despertara algo em sua mente.

– Vamos ali.

– Onde? – perguntei, atônito.

– Ao barbeiro.

Pedi que não. Que me deixasse. Ele não deixou. Apertou o meu braço e foi tangendo-me como gado. Deu na chave e fechou a porta do apartamento. Seguimos em passos lentos pelo escuro e longo corredor. Sinistro. Senti-me a caminho da execução. Para mim tanto faria cadeira elétrica, garrote vil ou injeção letal. Na clausura do elevador ainda pedi:

– Me deixem ir. Por favor, não cortem o meu cabelo. Vocês não têm esse direito – falei, num fiapo de voz.

– Você não tem que querer. Eu sou o adulto e sou o seu pai. Quem manda sou eu – respondeu friamente.

Meu tio levava uma risadinha de canto de boca estampada no rosto. Meu pai não soltava o meu braço. Não confiava mais em mim e eu passei e desconfiar de que ele fosse realmente bom, verdadeiramente meu amigo, realmente meu pai.

O elevador chegou ao térreo, saímos, ganhamos a portaria. O portão foi aberto por meu tio, que ia ao lado do meu pai. Dois cães pastores, dois agentes carcerários. Ganhamos as pilastras do bloco, o piso. Avistei alguns colegas. Sentadas nos bancos fofocavam as candinhas, travestidas de donas de casa. O ar pouco circulava. Ar abafado, seco, prenúncio de alguma desgraça.

Eu agora chorava muito, pedia, clamava em vão. Um vizinho adulto aproximou-se. Também chegou-se um colega de futebol, carrinho de rolimã e pipas.

– O que foi, por que ele está chorando? – perguntou o adulto.

– Frescura! Tudo isso é porque vai cortar o cabelo – disse meu pai.

O adulto riu.

– Corta mesmo. Isso não é cabelo de homem – completou o adulto.

O colega adolescente estava em choque, impotente, entristecido.

– Solta ele, *Seo* Francisco, solta ele. Coitado! O cabelo é dele – disse meu colega, sem muita coragem.

Meu pai não respondeu. Era como se os menores pouco contassem, pouco valessem. Seguimos. Agora ganhamos a calçada. Os dois agentes carcerários, um macho do sul e outro macho do nordeste, sempre a meu lado. Escolta que não permite fuga. Tentei desvencilhar-me, soltar-me. Meu pai apertou o cerco e o meu braço.

– Se você fugir, te dou uma surra depois, quando você voltar.

Foi a ameaça final. Meu pai era um estranho, um qualquer. Definitivamente não era meu amigo. Não esbocei mais nenhum pedido, nenhuma reação. Estava derrotado, realmente vencido. Avistamos a barbearia. Nome assustador: Barbearia do Jacó. Ganhamos a soleira.

– Sim? – perguntou o dono, o tal Jacó, que folheava o jornal.

– Cortar o cabelo desse rapaz aqui.

Sentei na cadeira e me prenderam com uma camisa de força capilar. Um avental branco prendeu-me os braços e fechou-se em um nó nas costas. Meu rosto inchado, salgado, avermelhado pelo choro.

– *Tá* chorando por que, cabra? – perguntou-me Jacó, que, notei pelo sotaque, ser mais um macho nordestino. Meu pai pernambucano e ele, descobri, cearense.

– Frescura! Porque vai cortar o cabelo.

Jacó riu. Pegou um borrifador e uma tesoura. Molhou meus cabelos com um jato misto de água e perfume, puxou, mediu, e começou a cortar. Voltei a chorar a cada queda, a cada cacho inerte deitado no chão. Meu tio sorria. Meu pai, muito sério.

Jacó, profissional. Eu, com uma dor inexplicável na alma. A dor da perda, da traição, da violência imposta.

IV

Minha mãe chega do trabalho. Vê minha cabeça pelada, meu rosto inchado, eu num canto vencido, derrotado, amuado. Pergunta o que aconteceu.

– Frescura – responde meu pai. Levei *pra* cortar o cabelo. Aquele cabelo de mulher não é *pra* homem, *pra* filho meu não.

Minha mãe olha bem para o meu rosto, para o rosto do meu tio. Clima tenso à mesa. Pede licença à visita e encaminha meu pai ao quarto. Escuto a porta sendo trancafiada. Também se escuta o diálogo. Uma titã *versus* um fauno qualquer.

– O cabelo é dele, entendeu? Se ele quiser deixa se arrastar no chão. Não dou o direito de você fazer isso.

– Não pode um menino usar um cabelo daqueles.

– Quem é que disse que não? Que preconceito é esse? Jesus não tinha cabelos compridos, Sansão, os Beatles? Olha, vou te falar uma coisa: da próxima vez que você fizer isso eu te coloco porta afora, entendeu? Esse apartamento é meu, está no meu nome e eu pago as contas da casa. Os cabelos são do menino. Se ele virar homossexual ou drogado certamente não será por causa dos cabelos. E se virar também não te cabe julgar.

Meu pai não emitiu nenhuma palavra a mais. Minha mãe reforçou:

– Eu te deixo, ouviu? Nunca mais faça uma arbitrariedade dessas com as crianças. Já não chega a ditadura lá fora, os Médicis e Geisels da vida, e agora também temos que aguentar um ditador em casa?

Pela primeira vez, sorri. Por fora. Por dentro não conseguia. Minha alma ainda latejava, doía, sangrava. Mas o quadro era interessante. Em poucas palavras descobriu-se quem realmente mandava em casa. Não adiantou nada terem me arrastado para a Barbearia do Jacó. Nada adiantou fazer a frente macho patriarcal nordestino, ditador das regras do lar.

Comprei um boné que usei durante meses. Minhas orelhas que imaginei enormes não se escondiam. Apontavam para os lados como um telefone público, um orelhão humano. Aos poucos meus cabelos cresciam e eu voltava a sorrir. Meu pai continuou a ser meu pai e a morar em casa. Também seguia dormindo na mesma cama junto à minha mãe. Mas alguma coisa se trincara no meu sentimento por ele. Notei também que o coração da minha mãe endurecia aos poucos. Saturava-se, enchia-se. Mas casamentos, nesses tempos, eram para sempre; e das desquitadas diziam que não prestavam. Para as crianças filhas de pais separados prenunciavam-se traumas perpétuos, irrecuperáveis. Desvios para a vida toda. Velhos tempos, coisas boas, coisas ruins. Tudo ficou para trás. Ainda bem.

V

O melhor passista de frevo de Brasília é gaúcho e chama-se Jorge Marino.

Na televisão apareceu uma entrevista com ele divulgando a *Frevoterapia*. Marino recupera pessoas de depressões e lesões leves nas juntas, nos tendões, com os passos do frevo. Adora Pernambuco, gosta de Recife, e ama Olinda. Passa o carnaval em academias recifenses e nas ladeiras da cidade histórica, subindo e descendo o alto da Sé. Segue as troças, *freva*, pula, é um homem completo, aparentemente feliz.

Meu pai sorri, adora, acha um máximo.

– Um gaúcho no frevo. Interessante!

Exalta a união de estados irmãos. Enaltece a Praieira, a Confederação do Equador, a República Farroupilha. Irmãos nos movimentos revoltosos, nas contestações coloniais e imperiais. Penso que ele exagera. Não digo nada. Talvez esteja certo. Certeza mais sugerida, mais democrática, menos impositiva.

VI

Meu irmão divide o quarto comigo. De um lado, pôsteres de Nelson Piquet e Emerson Fittipaldi. De outro, *Kiss* e Robert Plant. Ele usa sapatos bico fino; e eu, tênis. Eu uso jeans; e ele, tergal. Na vitrola toco rock; e ele, Disco. Ama Donna Summer, *Voyage*, *Imagination*. Eu ando de ônibus, e meu pai empresta para ele o seu Opala. Foi assim também com o Maverick. Empresta, mesmo ele sendo menor e não tendo carteira. Ele com corte em camadas; eu, cabeludo. Eu, vestido com roupas das Casas Nordeste, a que mais barato veste. Ele, com roupas, cintos e sapatos da grife Casa José Silva. Sempre nos respeitamos. Amigos não por opção, mas por convivência e laços consanguíneos.

Às vezes implicâncias, chacotas. Eu entrava rodopiando no quarto imitando o Travolta. Ele, abaixando a cabeça solando numa guitarra imaginária, copiando Angus Young. Coisas de irmão. Vez ou outra uma briga, um xingamento. Nada duradouro. Continuamos irmãos ao longo dos anos. Nada muito científico. Coisas de senso comum.

Minha irmã é mais racional, estudiosa. A única da família a entrar em uma universidade pública. Menina que sempre estudou em escolas do Estado. Poucos namorados, casamento precoce. Pegava meus discos emprestados que não voltavam mais a ser os mesmos. Todos arranhados, fogueirinhas que estalam no sulco em contato com a agulha. Gosta da Carole King cantando *You've got a friend*, e *Michelle*, na voz dos Beatles. Na escola, um ano mais adiantada. Eu comecei proporcionalmente nos estudos um ano mais tarde. Anos depois fui reprovado, no primeiro ano do segundo grau, em matemática. Fisicamente, eu e meu irmão com a pele mais clara. Ela, diferente: morena, bonita, racional. Traça uma meta, persegue e conquista. Eu, apaixonado, não muito organizado. Somos os opostos que se admiram. Ela me complementa em alguns aspectos. Eu a confundo em outros. Ela me irrita e me provoca, eu a instigo e desarmo. Irmãos para todos os efeitos, para todos os tempos, em todos os casos.

VII

Professora, dois concursos, trabalhos realizados nos três períodos.

Fomos criados praticamente por babás e empregadas. Meu pai almoçava, dormia à tarde e depois saía. Minha mãe muitas vezes nem almoçar vinha. Antes das sete seguia para o trabalho e emendava uma escola na outra. Normal vê-la somente altas horas, perto das onze da noite. Chegava cansada, estourada, louca por um banho.

Era ela quem bancava sapatos, roupas, contas. Quem saldava materiais escolares: cadernos, canetas, borrachas e livros. Providencial e pequenina mesada. Mesadas que nos proporcionavam shows, lanches e cinemas. Mãe de um carinho meio sem jeito nos atos. Dura e justa na fala. Seu carinho não era com as mãos nem com os lábios. Era com o esforço empreendido para que nada nos faltasse. Férias, passeios, discos, coleções de selos, tudo bancado. Bancado por ela.

Sempre tentamos entender, eu e meus irmãos. Compreender o que se passava no coração e na consciência de meu pai para pouco ajudá-la. Nunca entendemos por que o casamento durou tanto tempo. Deviam se amar muito. Essas coisas de adulto geralmente fogem ao entendimento de adolescentes e crianças. Uma guerreira e um *bon vivant*. Uma trabalhadora feroz e aguerrida; e o outro, despreocupado, tirando onda de fazendeiro, de criador de gado. Convívio de uma matriarca de fé com um patriarca de fachada.

Nenhum cientista de humanidades, nenhum antropólogo desses que pareciam entender sociedades civilizadas e primitivas explicaria. Psicólogos e terapeutas também penariam. Aos filhos restaria a imaginação de um possível discurso de amor. Não o de Tristão e Isolda. Nada de Romeu e Julieta. Certamente entre eles existia um outro tipo de amor. Nada romântico. O amor do costume, da convivência. O amor do apego de um ao outro. Forte história de união compartilhada por dois solitários. Homem e mulher, ambos despatriados; distantes de suas terras natais. Humano, casual os dois se encontrarem assim no planalto central e se enamorarem na cidade sem esquinas.

Cenário: anos 1960. Brasil a caminho da Copa no Chile. Presidente vai, presidente vem. Jânio renunciava e aposentava sua vassourinha. Começava o boicote burguês ao governo de João Goulart. Sociedade a meio caminho da ditadura. História dos desaparecidos, dos torturados, da censura. Fatídico golpe militar.

Cidade sede do poder. Imenso canteiro de obras. Construção e projeto infindável. Brasília no início, bem no começo. Apostas. Cidade e relacionamentos que não se adivinhariam se vingariam. A mim e aos meus irmãos sobrou primeiro a desconfiança de que, do jeito deles, aos muitos trancos e aos muitos barrancos, intensamente, eles se amaram. Afinal, não existem padrões para isso. Formatos. Andei proseando com meus irmãos e disso temos certeza. Absoluta. Eles se amavam sim. Como na música: "qualquer maneira de amor vale a pena, qualquer maneira de amor valerá".

VIII

Meus olhos marejados. Salão com decoração sóbria, simples. Poucos despontam na porta. Dez horas da manhã. Tudo cronometrado. Onze horas deve seguir o cortejo. Meio-dia, no máximo, ele deve descer. Descida perpétua auxiliada por cordas. Minha mãe assoa o nariz. Enxuga algumas lágrimas, auxiliada por outro lenço. Leva dois. Dor terrível demonstrada em lágrimas e coriza. Meus irmãos circulam de um lado ao outro do salão. Recepcionam colegas de trabalho, colegas de infância. Sentado, eu miro o nada, mesmo tendo uma imagem à minha frente. Ele jaz deitado inerte em um caixão. Foi maquiado e vestido para a cerimônia. Não é troça, fantasia, brincadeira. Hoje não é sábado dia de Zé Pereira. A cerimônia é o seu enterro. Pareço o mais abalado de todos. Talvez mais abalado que meus dois irmãos. Mas isso não se mede por aparelhos. É apenas intuição.

Fotogramas sucedem na minha mente. Ao final da vida deixara de ser meu pai e tornara-se meu irmão mais velho. Depois deixara de ser meu irmão mais velho e tornara-se meu filho. Dizem que ao final da vida retribuímos a criação. Comida, passeio e litros de gasolina. Tenho gravadas muitas imagens de meu filho-irmão: cervejas no bar, mergulhos no mar, comentário sobre mulheres e futebol.

Lembranças, acertos finais. Meus pais se separaram, mas depois do segundo infarto quase fulminante ele voltou. Minha mãe o aceitou de volta. Final providencial. Reataram o carinho e o amor do início da cidade. Ele morava sozinho numa chácara longe da urbanidade. Seria inviável pagar enfermeira, motorista, gente a postos para transportá-lo em caso de necessidade.

Passou mal na minha casa. Eu levei-o ao médico e ajudei a interná-lo. Meu irmão foi à rua das farmácias comprar os remédios que o Hospital de Base não possuía. Nenhum deles. Tudo destruído, sucateado. Governo do excelentíssimo Jorge Boriz. Dinheiro para pontes, viadutos, empreiteiras. Sempre para os mesmos bolsos. Escolas e hospitais à míngua. Professores afônicos, médicos adoecidos. Alunos desestimulados, pacientes jogados nos cantos das enfermarias.

Na reta final recebeu alta. Alta de médicos que preferem que o paciente morra em casa, tranquilo, junto do carinho e do amor familiares. Um dia eu estava por lá, a seu lado, e ele me disse que gostaria de cortar os cabelos. "Estão grandes demais, enormes", me disse. Ele não podia sair, fazer esforço. Prometi levar um cabeleireiro até lá. Fui até o salão do rapaz que cortava os meus cabelos e expliquei o que acontecia. Ribamar concordou. Marcou uma hora e na hora agendada lá estava ele com uma maletinha de onde foi tirando borrifador, pente, máquina zero e uma afiada tesoura. Simpático, o cortador de cabelos rapidamente entabulou conversa. Falou duas ou três frases e meu pai adivinhou que ele era do Piauí.

– Como o senhor soube disso? – perguntou, surpreso.

– Pelo sotaque, pelo físico e pelo jeito. Fácil, simples. Piauiense não tem errada.

À medida que conversavam seus cabelos foram sendo cortados com profissionalismo e com um pouco de cuidado e carinho. Os tufos grisalhos, prateados, iam acumulando-se no chão. E fiquei pensando: "Como eu gostaria que essa cena – meu pai tendo os seus cabelos cortados – durasse por mais alguns anos".

Imaginava e torcia para que vários Ribamares, Sebastiões, Romualdos se sucedessem durante anos e mais anos cortando os tufos e as mechas de seus cabelos brancos. Mas não deu. Ele passou mal alguns dias depois. Seus pés começaram a necrosar, sem circulação. A diabetes levou-os a *empretear*. Corremos com ele para o Hospital de Base. Doutores quiseram amputar uma perna. Pedimos pelo amor de Deus que não. Nosso pai retalhado! Como um homem que pisou numa mina! Doença traiçoeira que entope vasos, artérias e veias. Recruta urbano, cidadão mutilado. Meu pai, ali, encerrado na enfermaria. Última trincheira da luta pela vida. Versão distrital brasiliense do filme *Johnny vai à guerra*.

Teve um terceiro enfarte, dessa vez fulminante, e do Hospital de Base, onde faltava sangue, soro, e até gaze, ele nunca mais saiu vivo. Seu corpo ali, inerte, sem vida. Nunca mais cortariam os seus cabelos. Velório com poucos parentes. A família ali do lado. Minha mãe pagara tudo: caixão, flores, cemitério.

Presentes apenas dois dos vários amigos que ele imaginava que tinha. Nenhum conterrâneo, irmão, sobrinho. Apenas filhos e mulher. Ex-esposa que nos últimos momentos voltou a ser amiga, confidente, enfermeira: mulher. E apesar de tudo e principalmente por tudo, pensamos nele quase todos os dias. Pensamentos que geram risos, confidências, cumplicidades e, sobretudo, uma eterna saudade.

CIAP Nadsat

O velhote tipo prof começou a krikar:
– Mas eles não são meus, são propriedade do município.
Isso é pura maldade e vandalismo – ou slovos assim.

Anthony Burgess, *Laranja Mecânica*.

O agente conduzia o menor infrator Brédi Piti até a sala onde se encontrava o aparelho telefônico. Rapazinho nem fraco, nem forte; moreno, pele cascuda e suja, apesar do sabão e da bucha. Aos 17 anos, ficha extensa: três estupros, um deles seguido de morte; cinco assaltos a mão armada; uma agressão a uma velha senhora que se recusou a lhe entregar a bolsa; um PM atingido a bala em uma troca de tiros.

Brédi Piti jurado de morte. Sabia que a corporação da Polícia Militar estava em seu encalço. O PM baleado ficara numa cadeira de rodas. Era um sujeito bonachão, querido pelos colegas de farda, além de pertencer a um esquadrão da morte.

– Essa frescura – lhe dissera um dos PM's que o jurara – de juiz, de Estatuto do Menor e do Adolescente é que te protege. Mas *pra* mim e *pros* meus colegas, tu *é* só um criminoso. Um criminoso mirim. Mais cedo ou mais tarde a gente te pega, viu!? – e desferiu um tapa no rosto de Brédi com tal violência que lhe bambeou um dente.

O menor assaltava uma padaria com um cúmplice e não morreu na hora porque uma promotora de Justiça que comprava pães e iogurtes não deixou. O cúmplice fugiu, ele ficou.

O rapaz Brédi Piti nunca sentira o cano nas têmporas, ou enfiado na boca, nos ouvidos. Ele era quem produzia medo, temor, desespero. Pela primeira vez provou do próprio estilo, de desempenho parecido, amargo remédio. Cena inusitada aquele PM enfurecido dominando-lhe com movimentos de defesa pessoal treinados em academia. PM enlouquecido pressionando suas costas ao chão. Joelhos de aço esmagando-lhe os pulmões enquanto ao lado seu colega baleado gemia e se esvaía em sangue. Jurando:

– Tua hora *chegou*, neguinho, tua hora *chegou*.

Chegaria, mas não nesse dia.

Fachadas enormes. Muros com mais de 15 metros de altura. Arame farpado desenrolado no topo. Guaritas de observação com homens armados. O Centro de Internação de Adolescentes de Planaltina era, assim, uma miniprisão repleta de menores infratores. Infâncias abortadas por muita miséria e alguns lares dilacerados. Crianças que se descobrem adultos muito cedo. Menores que se envolvem em crimes em tenras idades.

A escolta termina. Brédi Piti entra na sala. A técnica administrativa inicia a cantilena depois de perguntar o número a ser teclado.

– Bom dia. Você tem 3 minutos de ligação. Após o fim desses 3 minutos eu tenho autoridade para desligar. Cuidado com o palavreado. Dependendo da conversa eu também posso solicitar ao agente que aborte o telefonema e te reconduza à cela. Entendido?

Brédi Piti dá um grunhido. O agente se posta na porta da sala enquanto a técnica aperta as teclas do aparelho.

– Quem eu chamo?

Brédi dá mais um grunhido.

– A minha mãe – responde.

– Como é o nome dela?

– Iriclenes.

– Como?

– Iriclenes! – ele grita – É surda, é?

O agente vem lá de trás e cutuca a sua cabeça com a tonfa.

– Mais uma dessas e te levo de volta *pra* cela, viu, ô, seu animal?

Brédi Piti silencia. A técnica continua.

– Bom dia! Dona Iriclenes? Aqui é do Centro de Internação de Adolescentes de Planaltina, o CIAP. Tudo bem com a senhora? É que o seu filho, o Brédi Piti, está aqui do meu lado e vai falar com a senhora. Não, fique tranquila, não aconteceu *nada*. Ele tem direito a ligações e pediu *pra* lhe telefonar.

Estende o gancho para o rapaz e reforça:

– Três minutos.

– Alô, mãe, *bença*. Que Deus abençoe a senhora também. *Cumé* que *tá* aí? Fica tranquila que aqui é melhor que o CAJE. Lembra um hotel. O quarto é bom, sim. A senhora pode trazer um creme de pele *pra* mim? Hmmm... Notícia do Robervaldo? Oxe, aquilo é um corno *fidumaégua*, não vale nada! Andou falando mal de mim na rua, é? Quando eu pegar o beco num saidão ele vai ver! O pessoal aqui tá fazendo o corre. Na sexta que vem devo sair. Passo a Páscoa aí com a senhora.

O agente sorri. Coça a cabeça e o sexo por sob a calça.

– Vai comer chocolatinho...

– Nada, nada não, mãe. É o *prego* do agente que fica catiando aqui.

A técnica também sorri e faz um sinal com a mão para que o agente deixe barato.

– A senhora quer que eu deixe baixo o lance com o Robervaldo? Oxe, deixo não. Isso não é coisa de *véi*, de chegado, de irmão. O cara virou traíra. Vai caguetar o pessoal da família dele. Se ele vacilar passo ele no ferro e a senhora sabe que eu passo mesmo. Calma. Já falei *pra* senhora que aqui é bom e é tipo um hotel. Não tem aquelas violências lá do CAJE. Ninguém aqui te estrangula, te ataca na cama durante o sono. Beleza, fica calma. Vou pedir mais uma coisa: a senhora consegue aí, além do creme de pele, uns dois sacos de biscoitos e uns três pacotes de cigarros? Eu sei, mãe, eu sei que faz mal, mas, ah, eu fumo. Fazer...

A técnica olha o relógio de parede.

– Faltam dois minutos – relata.

– Nada, nada não, mãe. É a moça aqui dizendo que tenho mais dois minutos de papo com a senhora. E o Carlinho, melhorou? Ainda *tá* sentindo essas dores na barriga? Cabuloso, hein, *véi*, simplesmente cabuloso. Ninguém descobre o que é, não? Não é verme? A consulta, a senhora marcou? Conseguiu no Hospital de Base só *pra* daqui a quatro meses?! É sempre assim, *né*? Pobre só se fode!

– Olha esse linguajar aí, ô, seu agreste imundo. Mais uma dessas e eu desligo o telefone! – grita o agente, da porta.

Brédi Piti sorri. Faz um gesto obsceno com os dedos virados para o chão. Sua barriga esconde os dedos e o gesto. O agente observa as suas costas, não vê, e fica por isso.

– Mãe, faça o favor de mandar um abraço pro Carlinho. Diz *pra* ele que o irmão mais velho dele sente saudades. Diz *pra* ele que semana que vem ganho o saidão. Já te falei, falei *pra* senhora. O povo aqui *tá* fazendo o corre. Semana que vem é certeza que passo a Páscoa aí com a senhora. Claro que é certeza. Numa dessas eu vou acabar pinando e não volto mais *pra* essa porra aqui.

O agente se aproxima e lhe dá um forte cascudo na parte de trás da cabeça.

– O que que eu te falei? Olha essa boca imunda aí, ô, seu agreste miserável.

Brédi Piti coça a cabeça e por segundos para de falar.

– Oxe, moço, precisava dar um croque desses? Isso dói, viu! Mais um desse e eu te denuncio *pras* assistentes sociais. *Tá* achando que sou saco de pancada?

O agente quer partir *pra* cima. A técnica interfere.

– Por favor, ele tem razão. Você não pode fazer isso. Por favor...

O agente recua, bufa baixinho, xinga entre dentes. Sai da sala, busca ar e volta. A técnica olha o relógio afixado à parede.

– Você agora tem um minuto.

– Oxe, moço, um minuto? Só isso?

– No começo te relatei que eram apenas três.

– Mas, moço, *cê tá* me comendo tempo aí, *véi*.

– Não *tô* comendo nada. E não sou moço, sou uma moça.

Brédi Piti ri.

– Não *tô* chamando você de moço.

– *Tá* sim. Eu não sou moço, sou moça.

– Oxe, moço, deixa *pra* lá. Quanto tempo eu tenho agora?

– Trinta segundos.

Ele aproxima novamente a boca do gancho.

– Oi, mãe. Foi nada não. *Tô* de boa, preocupa não. Vamos falar rápido que a paradinha aqui *tá* quase no fim. Oxe, moço, já falei que aqui é tranquilo e que o violento é lá no CAJE. Aqui não tem morte, não. É desses lugares modelos. Volta e meia vem esse povo do governo aí, da Secretaria de Justiça, deputado distrital e o escambau a quatro. O rango? O rango é razoável. Não é bom como o da senhora, mas quebra o galho e enche a barriga. Pode deixar, mãe, pode deixar que eu me cuido. Fica tranquila que semana que vem eu pego o beco e a gente se vê. E o trabalho da senhora, como *tá*? Arrumou mais casa de família *pra* trabalhar, *pra* fazer faxina? Que merda! Um dia prometo que tiro a senhora dessa vida. Isso não é vida de gente, não. Isso é vida de cachorro.

– Seu tempo acabou – interfere a técnica.

– Mãe, o meu tempo acabou. Quando puder, ligo *pra* senhora novamente. Agora vou desligar, *tá*? Deus abençoe a senhora também. Valeu! Também amo a senhora, sua *bença*, tchau.

O gancho do telefone é colocado no lugar. O rapaz se levanta, o agente se aproxima e o reconduz até a porta. Eles somem no corredor. No trajeto, o agente aperta o braço de Brédi. Ele recebe o aperto e geme. Dor e ódio estampados em um esgar facial. Semanas depois o agente morreu, misteriosa e violentamente. Saía, depois de se despedir da esposa, rumo ao trabalho. Enquanto fechava o portão de casa foi baleado pelo garupa de um motoqueiro que veio e foi em alta velocidade. Morte feia, triste, repleta de sangue e impotência. Homem em seus últimos momentos cercado por choro de filhos pequenos e desespero de mulher que pressente a viuvez.

Brédi Piti foi encontrado morto em um domingo de Páscoa. O povo comemorando a Paixão de Cristo e Brédi nu, dormindo para sempre em cima de um formigueiro repleto de saúvas. Sono perpétuo em meio ao cerrado, às árvores retorcidas, aos anuns negros. Agouros e maus prenúncios. Lá no alto, urubus em um círculo aéreo de ronda. Céu muito azul, claridade que cega e eterniza beleza e cataratas. Cachoeiras da natureza, de céu e de nuvens. Névoas oculares.

Aqui embaixo, a perícia policial fazendo corpo mole. Fardados e à paisana comprometendo provas. Evidências. Trabalho meio mal feito. Mas tudo muito certeiro, previsível. Verdades de um final humano. Violento. E as vísceras expostas de um quase menino, ali, podendo ser lidas, reviradas e fotografadas a qualquer momento. Vísceras lidas por todos os adivinhos contemporâneos. Resquícios medievais. Revisão e leitura atrasadas. Nome de revista que não existe mais. *Fatos e fotos*. Brédi, enfim famoso, em destaque. Primeira página, letras garrafais. Bom ângulo. Fotografia de primeira. Deve vender muito.

Glossário de palavras e expressões CIAP Nadsat:

Agrestes: Relação com aridez, com falta de polidez. É a alcunha pela qual os agentes do CIAP definem os adolescentes internos.

Cabuloso: Sinistro.

CAJE: Centro de Atendimento Juvenil Especializado.

Catiando: Tirar onda, gozar.

Deixar baixo: Esquecer, não mexer, deixar quieto.

Fazer o corre: Agilizar, andar depressa.

Nadsat: A linguagem criada por Anthony Burgess para o livro Laranja Mecânica.

Oxe: expressão modificada pelos adolescentes brasilienses, expressão essa que guarda relação com o "oxente" nordestino. Exclamação de indignação e surpresa.

Pegar o beco: Ir embora, se mandar.

Pinar: Pirar, enlouquecer.

Tonfa: Objeto de contenção, agressão e separação de tumultos, semelhante a um cassetete.

Véi: Abreviatura de velho.

Frevos

Imagens e saudades

Pernambuco tem cheiro.

Cheiro de mangue, de frutas, de bagaço de cana. Nas imagens que crio, estamos eu e meu pai seguindo pela Rua da Concórdia, menino pequenino puxado pelo braço. Paramos num boteco e ele pede duas Fratelli Vita. Refrigerante novo. Gosto único. Onde moramos não existe. Existe Bidú Cola e Uva, Fanta, Mirinda, Pepsi e Coca Cola. Refrescamo-nos e seguimos por uma imensa avenida. Nome de luta, de conquista e expulsão flamenga. Flamengos expulsos na batalha pelos vitoriosos de Guararapes. Avenida longa, suja, fedida. Como toda cidade grande, Recife tem bons cheiros e outros bem desagradáveis.

Achamos a barraquinha. Teto de lona, balcão de madeira corroída. Centenas de soldadinhos de chumbo me aguardam. Batedores, corneteiros, cavaleiros, espadachins. Escolho, escolho: quero todos. Meu pai diz que não: "Escolha uns dez".

Levo mais tempo e escolho onze. Ele sorri e me compra um a mais. O rapaz os coloca num saco de papel marrom, desses de pão. Meu pai paga, guarda o troco, me pega pelo braço e seguimos por mais ruas. Dobramos uma, duas – gente demais. Ele para, e descansamos um pouco. Ele, branco avermelhado, rosto e braços açoitados pelo sol. Miro o seu rosto, seus olhos de um azul intenso, e vejo que ele sua demais. Diz um: "Oxente, ninguém aguenta esse calor de verão!".

Pega-me novamente pelo braço, sua mão endurecida, grossa, molhada. Seguimos até o Mercado, que aparece como um galpão histórico no meio de tabuleiros repletos de seriguelas, pitombas, peixes, enguias e mangas-rosa. De um lado, a igreja; do outro, o comércio; à frente, o porto velho, largado, decadente.

Entramos no Mercado São José. Piões com ponteiras, manés gostosos e suas piruetas, bonequinhos de barro no estilo mestre Vitalino: dentistas, trios de forró, parteiras, boiadeiros, Lampião, Maria Bonita e anônimos cangaceiros. Sacos repletos de castanhas de caju, vendas cheias de coletes, celas, algibeiras e chapéus de couro.

Fico tonto, atarantado de prazer, inebriado com o odor. Cheiro misto de couro, artesanato e fruta. Artesanato regado a imagens de santos, penitências, louvor. Mais vendas e mais bandeiras de Pernambuco, miniaturas de repentistas, passistas de frevo, maracatu.

Mercado São José, abençoados sejam os teus produtos, o teu cheiro e a tua tradição. Abraço forte de encontro ao peito o meu saco repleto de soldadinhos. Anos depois essas lembranças não me açoitam, não me vêm pesadas como o chumbo. Perdi os soldadinhos, e o meu pai já se foi. Nunca mais senti seu braço me puxando pelas ruas do Recife. Nunca mais corneteiros, espadachins, cavaleiros.

Restaram-me as lembranças, as ruas e o artesanato. De herança, os discos de vinil: de frevo, combustíveis de ruas e canções, 33 e 78 rotações. Saco um da prateleira, visualizo o rótulo, selo Mocambo. Tem muito mais coisa, mas garanto, as "frutas" são deliciosas e dispensam comentários.

É que esse mote precisa se iniciar, desenrolar e terminar no breve espaço de um miniconto. Pode ser que mais para frente venha algo maior, denso romanceado. Por enquanto me vieram, confesso, apenas imagens familiares. Cartões postais da lembrança, fotografias sem montagem e retoques. Poses verdadeiras. Coisa de um homem nostálgico, de um cabra melancólico, de um menino saudoso. Menino que não existe mais quando olho no espelho, mas continua existindo dentro de mim.

Nossa Senhora Três Vezes Admirável

A imagem de Nossa Senhora Três Vezes Admirável adentrou a sala.

Na condição de um terço diário ela percorria a rua e a casa dos fiéis no contexto da maleabilidade de alguns dias. A depositante era uma senhora – me disseram – com seus sessenta e poucos, viúva, sorridente, crente, temente, anticarpideira.

Ela se foi, a imagem ficou. Tanta gente a queria. Somente minha tia a hospedou durante seis dias. Impossível esquecer a senhora que a deixou. De Nossa Senhora, confesso, não me recordo todo dia. Da Senhora, não. Recordo-me dos seus sorrisos, sua simpatia e suas recomendações, suas mesuras. Preceitos cristãos, rezas, crenças, bênçãos.

Admirei a imagem deixada. Nossa Senhora, pele alvíssima, olhos verdes, desenho angelical, mãos postas, elevadas. Acomodada em cima da mesa. Quadro e moldura de madeira, uma alça a sustentá-la. Ninguém garante. Ninguém pode provar essa imagem propagada. Certamente era negra, cafuza, mulata, mameluca – mas duvido que fosse branca.

Alma sebosa

Severino resolvia tudo através do diálogo. Conversa de lâmina, gatilho e cheiro de pólvora. Tudo acertado pelo poder do bate-papo. Poder da peixeira revolvendo fundo o bucho, força de um 38 descarregado. Descarregado no peito de velhos e moços. Serviços contratados.

Matador de aluguel com mais de 30 mortes nas costas. De tocaia, provocado, perseguido. Matou de tudo: de curiango a calango. De vereador a prefeito, de amado a amante, de traidor a traído.

Adorava Roberto Carlos. Severino era, no fundo, um romântico: *O portão*, *Amada amante*, *Lady Laura*. Hoje, preso no Aníbal Bruno, celebridade de documentário de TV estatal internacional. Personagens maquiam, ajeitam microfones, miram câmeras. Faz muito calor na cela. Fios, *spots*, fachos de luz que queimam pele e retina.

Todos se surpreendem com o personagem. Um quase menino, rapazinho pequenino, vivaz, pícaro. Em Severino inexistia secura e cansaço. Estava sempre disposto, risonho, ligado. Jeito, olhar e sorriso dos inocentes seriais.

O diretor, finalmente, dirige. Define perguntas, ângulos, tomadas. Grita: "Luz, câmera, ação!" e se inicia a empreitada.

– Por que, Severino, tantas mortes, tantas dores provocadas, tantos assassinatos nas costas? – pergunta a moça muito clara, olhos verdes marítimos, boca rósea no formato de coração, e português com sotaque francês.

Ri o entrevistado que não se vê avexado.

– Oxente, era tudo gente que não prestava: pedófilo, ladrão, dissimulada, adúltera. *Te* garanto que era gente safada, traidora, mentirosa, ordinária. Não passavam de almas sebosas. Por que me preocupar com isso agora? Remorso, nem pensar! Fiz um bom serviço. Serviço de limpeza necessário, rico e belo trabalho comunitário.

A repórter se surpreende.

– Trabalho comunitário?

Severino continua risonho, certo, seguro:

– Não passavam de almas sebosas que tinham que pagar, tinham que sofrer, tinham que morrer. Certamente, a essa hora, aposto, queimam no inferno. Torço por isso, rezo por isso, peço a Deus todos os dias. A prisão não é nada, perto das chamas do inferno. A clausura não é nada, perto das labaredas das profundezas. Prisão, cela, grade, isso é coisa insignificante, café pequeno, perto da esparrela do julgamento final.

A cidade vertical

Ao engenheiro responsável, recém-contratado,
nada falaram das finalidades do prédio.

Murilo Rubião, *O edifício*, In: *O pirotécnico Zacarias*.

Hoje, ano de 2.200 depois do nascimento de Nosso Senhor Jesus Cristo – não que eu seja cristão, mas isso é uma convenção temporal há muito sacramentada no mundo ocidental –, inaugura-se o complexo de edifícios *Ó linda concretude*, obra da Bacabal Engenharia.

O complexo fica bem ali, na orla da cidade. Recife está em festa. O concreto chegou aos céus e avizinhou-se a balões, satélites e aviões, e, o mais importante: descobriu que Deus não existe.

Confirmaram o que pioneiramente Santos Dumont detectara: que o céu não é o limite e que o paraíso – principalmente depois do reconhecimento da patente monetária e belicista do Flyer, projetado pelos irmãos Wright – também inexiste.

Para erguer o complexo arquitetônico foram necessários anos de construção, mares de dinheiro e infinitos cálculos matemáticos. Números assustadores, milhares de operários mortos em quedas, em constantes acidentes de trabalho. Chuva de gente caindo do céu. Pêndulos de relógios que não paravam para o descanso e salários congelados durante anos.

Os números são assombrosos: cada prédio do *Ó linda concretude* tem 500 andares, 4 apartamentos por andar, média de 25 mil habitantes por prédio. Tudo isso vezes 10, uma vez que 10 prédios são. Um aglomerado de gente endinheirada, rica, tradicional. Gente canavial, comercial, bancária e industrial.

Verdade que a terra do frevo está mesmo em festa. Acabara de receber o prêmio de cidade mais verticalizada do mundo. Nesse contexto todo, toma-se o silencioso elevador e leva-se em média 15 minutos até o topo. Belíssima cobertura de onde se avista o mar, as guerras tribais e as epidemias infindas.

São várias as muralhas da China. Os dez imensos palitos de concreto armado invadem o oceano, tomam o horizonte, sombreiam toda a areia. Em Boa Viagem ninguém mais toma banho de mar. Tubarões, alto teor fecal, esses problemas comuns e repetidos já foram, há tempos, pela população, absorvidos. O que conta sem floreios e desvio de realidade é a constatação da total ausência de sol.

Cercada por Olinda e Jaboatão, a cidade que cresce para cima haveria de nos proporcionar um espetáculo como esse algum dia. Quem diria, volto a mencionar: a total ausência de sol! Sombras eternas que emanam de um concreto frio, duro, desumano. Mas interessante: concreto erguido a pedidos, comprado na planta, construído especialmente para nós, humanos.

Mas, nesse contexto, claro que é possível relaxar. Pode-se descansar mesmo com a total ausência de plantas, de verde, de mangues e de frutas regionais. Basta abrir a janela e receber essa deliciosa brisa do mar. Brisa que se torna vento. Vento forte, veloz, imponente, refrescante. Prazer que nenhum poeta, popular ou erudito, imagino, encontraria facilidade em narrar. Inspiração que não se expeliu nem se imortalizou. Ideia guardada na mente, na gaveta, na estante. Prédios, concreto, altura, vergalhões – isso sim é visível – se concretizou.

Mela-mela

Para meu avô João Chico (in memoriam)

A minha fantasia é uma coisa louca
De um lado ela é palhaço e de outro é arlequim
Metade é de seda e o resto é de algodão
Não é rica nem pobre mas serve pra mim.

Nelson Ferreira, *Minha fantasia.*

Eu e meu irmão enchemos os baldes de água e fomos para a rua.

As bombas d'água encostamos no muro. Dois canos brancos transformados em brinquedo de carnaval. Veio pela rua um sujeito dirigindo um carro sem a capota. Carro velho, batido, certamente comprado para os dias de folia.

Enfiamos os dois canos nos respectivos baldes e puxamos o cabo que fazia a sucção da água. Apontamos na direção do veículo. Ele reduziu e gritou de longe: "Não me molhem, não me molhem que vai ter!". Que tivesse, então. Disparamos em clima de bombardeio aquático. Bombeiros que buscam avidamente apagar incêndios de Momo. O sujeito teve óculos, roupa e paciência encharcados. Freou bruscamente, desceu e veio decidido em nossa direção. Gritava: "Vocês me pagam, seus moleques filhos duma égua!". A voz era grossa, áspera, tonitruante. Dava medo.

Largamos os baldes e as bombas ali mesmo, na rua. Abrimos o portão e corremos em direção à porta da casa de nossos avós. Entramos, demos na chave e nos escondemos num canto da sala. Escutamos palmas, palmas e mais palmas. Essa era a campainha. Meu avô veio lá do quintal onde tratava das galinhas. Viu-nos escondidos a um canto e sorriu. Foi até a porta e a abriu.

– Sim?

– Os dois meninos que entraram me molharam.

– E daí, não é carnaval?

– Mas eles me molharam.

– E o que você quer eu faça?

– Que dê uma surra nos dois.

– Oxente, meu amigo, é carnaval e os meninos estão somente se divertindo.

– Mas isso não é diversão.

– Se isso não é diversão, o que é então?

– Não gosto de ser molhado.

– Amigo, se você não gosta de ser molhado, fique em casa e não saia mais no carnaval.

O homem coça a cabeça, irritado.

– Não brigo com o senhor em respeito à sua idade.

Meu avô se irritou. Tinha fama de brabo. Foi até o quarto, abriu uma gaveta e voltou com o revólver. Da porta, apontou-o em direção ao homem.

– Saia daqui agora, seu cabra safado, senão eu te toro feito uma fruta.

O homem retrocedeu; voltou em direção ao carro. Agora, eu e meu irmão estávamos escondidos logo atrás do meu avô, protegidos. Cada um ladeando uma perna. Vimos quando o homem entrou no carro e deu a partida. Pela rua vinha um grupo de jovens em algazarra na carroceria de um caminhão. Jogavam nos passantes ovos, farinha, óleo queimado.

Louco para fugir do mela-mela, deu a partida, desesperado. A Rural sem capota rateou, vê se isso é hora para não pegar? Não deu tempo. Levou uma chuvarada: de ovos de galinha; de um branco profundo e cegante de farinha; do perigoso e asfixiante óleo queimado. Foi engraçado ver aquele homem ali, todo sujo, impotente, derrotado. Meu avô sorriu. Sorriso natural, espontâneo, carnavalesco. Sorriso de sessão pastelão, de torta na cara, Carlitos, Oscarito, Três Patetas.

– O que esse cabra queria, saindo em dia de Momo? Etiqueta, mesuras, brincadeiras límpidas e puras? – disse.

E nós três rimos, gargalhamos. Era uma gargalhada que saía fácil, fluente, feliz como deveria ser num dia de carnaval.

Homem Deus

Olha só que menina bonitinha.
Pra poder ficar comigo tem que saber de cozinha.

Chico Science e Nação Zumbi, *Macô*.

Quem avisa marido é. Melquesedeque avisou a mulher que a mataria e estipulou as situações em que tal fato se daria: "Mato se você me deixar, mato se você fugir, mato se ao menos você cogitar em partir".

Melquesedeque, um Doca Street do agreste, um Lindomar Castilho da peste, um O. J. Simpson que não hesita em sacar a peixeira, em puxar o gatilho. Homem Deus que define o tempo exato da sua vida – da vida dela. E desfila a cartilha a ser seguida de ordens e recomendações:

"Mulher minha não pula carnaval."

"Mulher minha não sai de casa sozinha."

"Mulher minha é pura, imaculada, certinha."

"Mulher minha não geme de prazer, nem prazer sente."

"Mulher minha é minha propriedade, espécie de amante, mãe, semiescrava, misto de santa e moleca de todos os dias."

"Mulher minha é cozinheira, faxineira, babá, dona de casa."

"Mulher minha me espera limpinha e cheirosinha."

"Mulher minha? Saiba de uma coisa: nunca dou asa para mulher minha."

Melquesedeque, um Homem Deus, um cruel Dr. Destino, vilão dos quadrinhos, estipulando o tempo exato de sua existência, no caso, de existência dela. Existência de sua mulher, Maria. Um ceifador de sonhos, de projetos, de vidas. Mas digo que a sua mulher, Maria, chupada, acabada, seis filhos em dez anos de vida, articulou a volta, ou a fuga, por cima.

Fugiu com um caixeiro, um homem formoso, de boa lábia. Sujeito garboso, de fino trato, elegante. Deixou as crianças para a mãe criar e se foi pelo mundo no seu Opalão. Carrão dos sonhos, do novo homem – um tal de João, que habitava do outro lado da serra. Esse agreste, todo aquele mundão seco que por vezes nos deixa ofegante.

O primeiro ano foi maravilhoso. João era atencioso, fazia sexo bem e trabalhava para sustentar a casa. Ele dizia para todos que era um homem bom e gostoso. No segundo ano, porém, começaram as grosserias. João, um cavalo batizado, dava coices no ar, nos outros, na mulher, na frente de todos.

Já cansada, Maria não se fez de rogada e disse: "Já deixei um e não me custa deixar outro. Homem: ou te emendas, ou ficas só". Confrontado, João foi até o quarto, pegou a arma, voltou e descarregou no peito, na perna, na cara. Armas, balas e pólvora. Furos, dor, peneira humana. Tudo uma coisa só, tudo somente uma coisa: violência e estatística. Maria se esvaindo em sangue, deitada, inerte, buracos por todo o corpo. Morte feia, violenta, de dar dó.

Quem diria. Melquesedeque ladrou, mas nunca mordeu. Proferia diariamente aquela ladainha, aquela cartilha, mas nunca a cumpriu. E João foi aos extremos em apenas uns poucos segundos, num único dia, na primeira grande discussão.

"Cada ser é um ser, cada dia é um dia", teria pensado Maria se ainda estivesse por aí cheia de senso comum e repleta de energia. Se ainda estivesse cheia de sonhos, de projetos. Se ainda estivesse viva. E teria saudades da velha cartilha?

"Mulher minha não pula carnaval."

"Mulher minha não sai de casa sozinha."

"Mulher minha é pura, imaculada, certinha."

"Mulher minha não geme de prazer, nem prazer sente"... e etc. e tal.

Rinha

A cidade do friozinho, dos chalés e dos *fondues*, em Pernambuco, é Gravatá.

Selmo saiu de Vitória à procura do calor, da emoção das rinhas de galo. Não lhe interessam ventos gelados e arrepios.

Chegou ao sítio, um pouco afastado, 7 km do centro da cidade. Outros carros e carroças estacionados, muitos burros amarrados no pátio. De dentro do galpão ecoavam gritos alucinados. Selmo entrou e circundou a arena. Lá dentro se engalfinhavam dois galos estropiados. Aquário de concreto, grande concha de cimento, tijolos e areia saibrosa. Arena maciça sem espaços de fuga. Triste, sangrenta, implacável. Gente em torcida animada, alvoroçada, ardilosa.

Homens gritavam, mulheres se arrepiavam, crianças vibravam. Penas espalhadas por todos os lados. Cristas cortadas, olhos vazados. Esporas inclementes golpeando o corpo do adversário sem escolher lado, sem escolher lugar.

Selmo se acomoda na arquibancada, cumprimenta um artesão, dois policiais, um juiz de Direito, um fiscal do Ibama e um delegado. Na arena dois galos ensanguentados, quase cegos. Bicos abertos buscam água, ar e vida. Ofegantes, cansados, quase mortos.

No balcão reiniciam-se as apostas. Selmo saca 20 reais do bolso. Olha, mira o canto. Mais dois galos, mais dois lutadores são preparados. Córner repleto de donos, torcedores. Todos frios apostadores. Selmo rumo ao balcão, 20 reais na mão. Não há fila. Todos amontoados. Muito empurra-empurra, caos, aglomeração. No ar ecoa o cacarejo, o corre-corre de crianças, e o cheiro de pinga e suor. Soa o gongo e começa mais uma luta.

Ritual abandonado

Eu e meu pai em pé no meio da sala da casa de meu avô. Tranquilidade.

Batem à porta. Uma senhora, misto de empregada e agregada, vai atender. Entra um homem de rosto avermelhado, barriga proeminente, falastrão. Parente.

Aperta a mão de meu pai e o abraça com força. Palmadas estrondosas das mãos estalando nas costas. Exagero.

O homem é mais velho que meu pai. Bem mais velho. O rosto sulcado pelo arado do tempo, a boca murcha, bexiga vazia no dia seguinte à festa.

Estende-me uma mão peluda com palma virada para baixo. Estende em câmara lenta. Movimento engraçado, circense, nariz de borracha colorido. Caricato.

Recordo-me dos noticiários da TV: Príncipe Charles, rainha Elizabeth, condessa de York. Pompa e artificialidade. Nobreza desconectada do cotidiano plebeu e vivendo numa outra realidade.

O homem espera, a mão plantada ali no ar, próxima a minha boca. Isso para mim nada significa. Não capto o signo, não entendo a mensagem. Acho estranho essa mão peluda me invadindo boca e nariz. Não digo nada.

– Oxente, teu menino não toma a bênção? – pergunta o homem, ávido.

– Não – responde meu pai, num mar de tranquilidade.

– Por quê?

– Quando era menino odiava pedir a bênção. Jurei que meus filhos ficariam livres desse ritual.

– Mas não pode!

– Quem é que disse que não pode? Deus?

– Oxente, todo mundo toma a bênção, todo mundo dá a bênção.

– Não na minha casa. Lá, quem os abençoa sou eu, com comida na mesa e roupa para vestir.

O falastrão emudece. Desiste do embate ritual, milenar, arraigado, religioso.

Anos depois me recordo do relato de meu pai. Relato no esquema *lead* jornalístico, verdade do quem fez o que, quando, onde e por que. *Lead* jornalístico da sua vida, sem muita enrolação, sem nenhum nariz de cera.

Relato mais ou menos assim:

"Era menino em Limoeiro, sítio Poço Grande. Chegou um senhor a cavalo. Apeou. Suado. Viu o homem enfiar a mão suarenta por dentro das calças e coçar o sexo. Tapou uma narina e assoou o nariz de lado. Subiu as escadas, chegou ao alpendre.

Cena de novela da vida preenchida por meu pai e meu avô. Meu pai ali acuado. Idade para ser meu irmão pequenino, temporão se eu o tivesse de fato.

Vem a sentença:

– Menino, venha cá e tome bênção de mestre Biu.

Meu pai ali parado, em choque, amuado.

– Menino, venha cá e tome a bênção de mestre Biu – repetiu meu avô, enfático.

Meu pai, três décadas e meia antes de ser meu pai, foi. Pegou a mão suarenta. Cheiro de suor, de sexo, de bosta de cavalo, de sela e arreio. Espreme os lábios, aproxima a boca e beija. Beijo forçado, coagido, a contragosto. Solta a mão e corre para o quintal. Atravessa o interior da casa, ganha o terreno, vence uma jaqueira e uma mangueira. Estaciona, e, entre cães e galinhas, se dobra e vomita.

Vomita tudo. O patriarcalismo, a bílis, a imposição. Expele o que lhe resta de fé, de respeito aos rituais, os resquícios de religião.

Desse dia em diante ficamos livres. Livres quase três décadas antes de termos nascido. Livres eu e meus irmãos de pedir a bênção. E, garanto, temos vivido bem desde então. Sem pestes, sem Cruzadas, sem heresias. Sem excomunhões e bruxarias. Sem outras igualmente terríveis imposições do destino. Preceitos que beatos e carolas certamente nos imporiam. Ou você pensa que não?

Feira

Canta campina, o teu canto
Faz diminuir o meu tédio
Para aplacar o meu pranto
A tua voz é o remédio

Patativa do Assaré, *Eu e meu campina.*

Domingo, dia de feira. Praça do Livramento lotada. Barraquinhas de frutas: sapotis, várias qualidades de mangas, vagens de ingás penduradas por barbantes, cheiro enjoativo de jaca. Tabuleiros com queijo de coalho, carne de charque, manteiga de garrafa.

Encaminhamo-nos aos passarinheiros. Eu e meu primo paramos. São centenas de gaiolas. Galos de campina, pintassilgos, pintores, sangues-de-boi. Cantam, saltitam de um poleiro a outro. Fico hipnotizado pelo canto de uma patativa. Quietinha no poleiro, peito estufado para a frente. Estaco embevecido pela beleza de um galo de campina. Cabeça avermelhada, peito branco, uma faixa vermelha descendo as costas.

Outros, bem maltratados, coitados. Jandaias carecas, periquitos com asas quebradas, passarinhos mudos, traumatizados pela cola do visgo. Meu primo negocia. Quer levar a patativa que canta bonito. Regateia, finge que vai embora. O vendedor diz que faz vinte cruzeiros. Ele acha caro: "Pago dez, quer?" O vendedor sorri. "Não dá, menino. Já abaixei cinco. Antes eram vinte e cinco."

Fico com pena dos bichos. Dá-me vontade de abrir as gaiolas, todas. Levantar as portinholas e torcer para que os bichos fujam, sobrevivam. Sei que alguns morrerão de fome; outros, nas garras dos predadores. Alguns serão recapturados por outros humanos que os tratarão igualmente como mercadoria. Fico quieto. Não digo nada, nem mexo nas pequeninas prisões dos bichos.

Meu primo enfia a mão no bolso, tira um pequeno maço de dinheiro e conta.

"Tenho quinze, quer? É pegar ou largar!"

O comerciante pensa, pensa e aceita. Pega o dinheiro e entrega a gaiola. Meu primo ri feliz, satisfeito, vitorioso. A patativa não para de cantar um minuto. Bichinho inspirado, mesmo estando confinado.

Seguimos mais adiante e paramos em frente aos carrinhos. Coisa original, rica, de primeira: caminhões, jipes, caminhonetes. Brinquedos de madeira e de lata. Enlouqueço por um ônibus maravilhoso. Oco, todo pintado de azul e branco. Rodinhas que giram perfeitamente. Acostumado aos carrinhos de plástico, para mim é tudo novidade.

Imagino, não tenho como levar esse ônibus para Brasília num fusquinha lotado: pai, mãe, dois irmãos, malas, bolsas, lembranças infindas, lembrancinhas e outras compras. Escolho e levo um jipe pequenino. Pago cinco cruzeiros. O vendedor me arruma um barbante que amarro no para-choques dianteiro. Saímos eu e meu primo. Ele leva uma gaiola com um bichinho de asas, preso, cantante. Eu levo um carrinho puxado por um barbante.

Levo um cutucão.

"Você devia ter pedido um desconto. Pagou caro."

"*Pra* mim não é muito, é barato."

"Aqui é normal pedir menos."

"Fico sem jeito. Os coitados já ganham tão pouco!"

"Oxente, coitados nada! São comerciantes. Não é vergonha nenhuma. Eles já estão acostumados a colocar o preço mais alto, porque já sabem que as pessoas vão pedir descontos."

Sorri amarelo e respondi:

"Na próxima eu prometo que eu tento" – e continuei, feliz, descendo a ladeira, e puxando o meu carrinho.

Filme baseado em fatos reais. Trilha sonora criada por uma cantante patativa ladeada por um primo. Grande amigo de sotaque carregado.

Frango

> Eu perguntei a Maria dos Santos
> Seu nome era Benedito da Lagoa
> E tinha vinte a quatro anos de folia
> E vinte anos de agonia no coração.
>
> Alceu Valença, *Maria dos Santos.*

Painho sacudiu o moleque e disse: "Se você der *pra* frango eu o mato! Na minha família só tem cabra homem. Esse negócio de rebolado, brincar de boneca e de menino que desmunheca não é pra nossa família não, *visse*!?".

E o pai, que regionalmente era chamado de painho, bateu no menino, desde pequenininho. Caprichou na fase de crescimento, direto, sempre, ao longo dos anos. Distribuiu cascudos, socos, bofetes, cintadas a torto e a direito. Nada adiantou. O menino parecia cada vez mais feminino. Escondido, vestia as roupas da mãe, desfilava frente ao espelho e exagerava na maquiagem.

O que o criava falava: "Vou te espancar *pra* você tomar jeito e virar homem. Comigo você não terá peito de ir por esse caminho da frescura. Ou vira homem e estanca a maricagem, ou te juro que um dia estanco na marra toda essa *viadagem*".

Certo dia o rapaz apareceu em casa com um namorado. Mãos dadas, selinho na boca, fartos chamegos e afagos. Painho foi até o quarto e voltou armado. Enfiou o cano no nariz do filho e no do outro coitado. Surrou os dois sem piedade. Quebrou dentes, braços, provocou cortes na testa e na alma. O filho pegou as coisas e se despediu, aos prantos, de mainha e da irmã temporã, ainda muito novinha. Saiu de casa levando a roupa do corpo, e mais nada.

Mudou de cidade, de rua, de clima e relevo. Sem muito estudo, caiu na prostituição. O nome Roberto Maurício virou Bob Monroe. Coisas de luta, de batalha, de guerra. Perdeu o namorado, mas ganhou muitos clientes fidelizados. Trabalho certo, remunerado.

Muitos anos nessa. Ativo, passivo, carinho, gemido. Juntou dinheiro e montou a sua casa com homens, mulheres, meninas e meninos. Bob amigo dos poderosos, empresário do sexo, mercador do amor. Cabaré de luxo, bonito, sempre lotado.

Numa bela noite, quem entra no bordel? Homem antigo, patriarca com poderes sobre a vida e a morte dos seus. Seu pai, que ligou o radar e o viu de longe. O cafetão se escondeu atrás de uma cristaleira. Pouco tempo depois foi perseguido, cercado, acuado.

"Então é aqui que você se esconde, cabra safado? Montou um puteiro! Já não bastava ser frango, envergonhar a família toda sendo *viado* e coisa e tal?" – e sacou um revólver niquelado, de fabricação nacional.

Se atirasse, Bob levaria um balaço no peito, e outro na testa, e no coração. Morte inapelável, humana, normal. Quis puxar o gatilho, mas sentiu um formigamento, uma forte dor no peito, e tombou. Quem diria, tinha uma artéria entupida. Morreu assim, caído no chão, em silêncio.

Bob pagou coroa de flores e o funeral. Na capela, orava pela alma, rezava por uma boa passagem. Velório estranho. Bob enxugando as lágrimas, sozinho. Nenhum amigo ou parente presente. Apenas mais dois rapazes, empregados do cortejo, do cimento, da cova, do cemitério.

Quando o corpo desceu, o órfão aumentou a intensidade do choro. Não se sabe a causa desta visualizável insanidade. Expectativa de aceitação, talvez. Coisas pendentes perpetuamente nessa vida. Pode ser. Os rapazes do cortejo, do cimento e da descida do corpo comentaram que Bob parecia ser um sujeito meio feminino, fora dos padrões, um homem curioso e estranho.

Adoraram a gorjeta que receberam e não comentaram mais nada. Mas pensaram: "Cabra bom *taí!*".

Raparigueiro

Possui mente e valores medievais.

Até estupro já cometeu e achou normal. Na sua cabeça, apenas tomou o que era seu. "Quanto mais corto *boyzinhas*, mais macho me sinto", dizia. Até que um dia caiu na besteira: mexeu com a filha do prefeito. Sujeito mafioso, cercado de jagunços, e dado a malfeitos.

Pegou a *boyzinha* na Praça do Livramento na hora da aula e a conduziu com muita lábia ao motel da cidade. Ficou nu e tirou a roupa da outra na marra. Lambuzou-se; estapeou, estocou com vontade. Segundo as más e as boas línguas, cometeu mais de uma dezena de atrocidades.

Quando o prefeito chegou em casa, a menina chorava copiosa e intermitente. Abriu a torneira de lágrimas, de dor, de lamentos. Menina ludibriada, espancada, e agora com o hímen rompido. O pai, que roubava, desviava verba pública, e que, do seu jeito, entendia de honra e desonra, decidiu: "Minha filha vai embora, *pra* na cidade não ficar falada!" – e mandou a dita morar em Recife. Desonrada, afastada da praça, da língua do povo, e da cidade. E o prefeito jurou: "Cabra safado, Raparigueiro da desgraça, te juro: você me paga!".

Passaram-se meses e chegou a esperada festa. Mesmo na semana pré-carnavalesca, semana em que se resolvem pendências, em Pernambuco já é carnaval. Raparigueiro seguia troças, pulava, bebia, se divertia com amigos. Segurou estandarte, cantarolou frevos, fez todos os passos. Bêbado e tesoura, os mais usados.

Na subida da Duque de Caxias a multidão cantarolava *Fogão, Isquenta Muié, Vassourinhas*. Embriagado, Raparigueiro, o folião fuleiro, tropeçou e emborcou de lado, esbarrado por um cabra tatuado, musculoso, aparentemente muito forte. Levantou-se e ensaiou uma briga, um empurrão, uma guarda armada com punhos de algodão. Levou uma facada na barriga, outra no pescoço, e uma terceira – e certeira – bem no coração. A turma abriu, gritou, deixou sozinho na rua de calçamento Raparigueiro se esvaindo em sangue ao som da animada orquestra de frevo.

A PM apareceu e juntou o homem no chão em estertores, com jeito de fim de festa, de quarta-feira de cinzas. Carregou-o como um saco de batatas ensanguentado, abriu o porta-malas da viatura e o acomodou ali, jogado. Seguiram em alta velocidade para o hospital. Um perigo. Já imaginou um acidente? Morreria muito mais gente.

Ataque de tarol, de repique na caixa, de metais em frevança. A rua volta a fumegar, a ferver como se nada de anormal tivesse acontecido. No dia seguinte, carros de som anunciam o enterro de Raparigueiro. O velório foi em casa, na sala de entrada. Velas acesas, corpo e caixão acomodados. Tudo como manda o figurino. Secular, ibérico, tradicional.

Melancia

Dizem que a culpa é do Porto de Suape, que destruiu o mangue, onde os predadores dos mares iam diariamente se alimentar. Falam que a culpa recai sobre os frigoríficos que jogam carcaças de bois, cabras e porcos no mar, atraindo os tubarões.

Certeza, certeza, temos apenas a de mais um surfista atacado. Ele recebe os primeiros socorros na praia. Um salva-vidas improvisa um torniquete e tenta diminuir o jorro de sangue. Rapazinho em estado de choque, calado, bovino. Olha para a perna direita e não enxerga mais o pé. No lugar, artérias e tendões pendurados.

Sacam dezenas de celulares e ligam para os bombeiros. Minutos parecem séculos. O atacado agora geme um pouquinho: inevitável. Um senhor de idade comenta que o rapaz é um cabra homem, não é um rato. Precisa encarar tudo sem grito, sem choro, sem dor. Necessita suportar com serenidade o fato.

Bombeiros chegam e agem rapidamente. Ora reforçam, ora aliviam o torniquete. O surfista que nunca mais surfará é levado para a ambulância sob aplausos. Ídolo de fim de tarde. Mais um para a estatística de ataques.

No jornal televisivo a repórter relatou o ocorrido e disse que o bicho tem cheiro de melancia, seja ele chato, martelo ou branco. "Fiquem ligados, fiquem atentos!"

Essa fruta, fruto e produto do mar, eu não pagaria para ver, provar ou sentir.

Nem pensar. Nem agir. Nem amputar.

Porto

Saímos cedo de Vitória de Santo Antão rumo a Porto de Galinhas.

Estimativa de mais ou menos uma hora e meia de viagem. Deixamos a cidade e a vegetação é tomada por canaviais e usinas. Atenção dobrada para ultrapassar e desviar de treminhões. Surgem as cidadezinhas e a sujeira. Plásticos, papéis, restos orgânicos, tudo é atirado na rua. Crianças descalças correm de um lado ao outro do acostamento.

Somos ultrapassados por um carro novo, importado. Atiram uma lata da janela que quase acerta o para-brisas. Meu primo xinga um "Filho de uma quenga!", mas não é besta. Vai que o sujeito está armado!? Não sai em perseguição. Deixa essa querela definitivamente por resolver.

Logo à chegada, somos parados no posto policial. Um primo menor vai ao colo do outro, sem cinto. O policial pede que o motorista desça e o encaminha à arrumada casinha. Contravenção é multa na certa, mas o "piloto" volta em minutos e relata: "O agente da lei exigiu uma pequena propina". Meu primo pagou e voltou sorridente. Entrou e deu a partida. Seguimos novamente rumo a Porto de Galinhas.

Estacionamento pago, a praia. Descemos e caminhamos rumo à areia, ao sol e ao mar esverdeado. Tia, primos e eu: seis, ao todo. Barraquinhas por todo lado, guarda-sóis, turistas locais, nacionais e estrangeiros. Piscinas salgadas, muito calmas, enseada de banhos e bronzeamentos; local em que, em um passado não tão distante, descarregavam humanos que se tornariam escravos.

Recordo-me de quando vim aqui, ainda menino. Lugar bonito, que já foi lindo. A areia perdera a brancura. A limpidez se vai com ambulantes, turistas e *resorts*. Porto de galinhas se rende à especulação, sucumbe como uma *miss* explorada, tudo por um motivo, tudo por culpa da sua beleza.

Cabra macho

Vence a praça da Matriz e o outro assobia. Ele finge que não escuta e segue o seu caminho. Assobiador vem correndo e cola ao lado.

– E aí, *pareia*, vai um aí?

O outro nem se vira, com medo de sucumbir.

– Não, parei!

– Que é isso, *pareia*? Baratinho.

Assediado baixa a cabeça.

– *Tá* de quanto?

Aliciador sorri com a guarda aberta.

– Só um *tá* de 15 reais. Vais querer?

Dependente olha com o canto dos olhos. Busca forças com o olhar mirando os céus.

– Acabei de sair da clínica. Quero não!

Aliciador abre a mão e mostra o papelote.

– Aqui, ó, meu patrão, coisa de primeira, coisa fina.

Em negativa, dependente mexe nervoso a cabeça de um lado para o outro.

– Olhe, rapaz, já falei que parei e que quero não! – grita.

Todos da praça escutam: candinhas, mototaxistas, meninos que jogam pebolim. O ímpeto do aliciador arrefece, definha, desaparece.

– Tudo bem, *pareia*, fica *pra* próxima.

Mercador parado no meio da praça, próximo ao coreto sem banda, sem som, sem música. Aliciado segue até a farmácia. Pede, paga e compra o remédio que irá ajudá-lo. Pede um copo com água. Abre o lacre e engole o comprimido, esperançoso da ajuda na abstinência.

Cabra macho *taí*. Nada de cangaceiro combatendo volante, de duelo de facas na feira, de cabra emprenhando mais de uma dezena. Cabra homem é esse. Sujeito que vence com força e determinação uma luta atroz e diária. Luta contra as drogas, contra o *crack*, contra os seus fantasmas. Batalhas e estratégias de uma guerra que, vejam bem: parece realmente não ter fim.

Repente secular

Repente intermitente que atormenta a cabeça da gente, béim, béim, béim.

Quenga safada, vou *lhe* furar,
(*béim, béim, béim*)
mulher minha não tem querer.
(*béim, béim, béim*)
Se me deixar, prometo
(*béim, béim, béim*)
que vou *lhe* achar *pra lhe* matar.
(*béim, béim, béim*)
No mínimo uns tapas na cara vou lhe dar
(*béim, béim, béim*)
pra lhe mostrar
(*béim, béim, béim*)
quem é que manda
(*béim, béim, béim*)
nesse lugar.
Porque *pra* mim
(*béim, béim, béim*)
mulher fica no lar,
(*béim, béim, béim*)
não fica por aí zanzando na rua,
(*béim, béim, béim*)
à toa *pra* lá e *pra* cá.
(*béim, béim, béim*)
Mulher minha precisa ser boa de cama,
de cozinha e de máquina de lavar.
(*béim, béim, béim*)

E o outro repentista, moreno, empunha a sua viola e responde:

O que tu *quer*, cabra,
(béim, béim, béim)
não é uma companheira:
(béim, béim, béim)
o que tu *quer* é uma empregada, uma diarista, uma faxineira.
(béim, béim, béim)
Homem que defende nesse repente um discurso machista,
(béim, béim, béim)
é cabra que nunca pensou, uma vez sequer,
(béim, béim, béim)
em uma causa feminista.

O primeiro repentista ri e ataca:

Pra mim, causa feminista
(béim, béim, béim)
é coisa de mulher mal amada,
(béim, béim, béim)
que nunca topou cabra bom
(béim, béim, béim)
pra lhe mostrar o tom da madeirada;
(béim, béim, béim)
na cama, uma boa pegada,
(béim, béim, béim)
levar uns bons tapas a safada,
(béim, béim, béim)
levar umas mordidas e umas boas chupadas.
(béim, béim, béim)

O segundo repentista, moreno, continua:

Cabra, o que tu *quer* é uma mulher submissa,
(béim, béim, béim)
uma abestada, magrela ou roliça,
(béim, béim, béim)

que seja meio escrava, meio puta, muito diarista.
(béim, béim, béim)
Cabra, o que tu *quer* é propagar a peste patriarcal,
(béim, béim, béim)
que confina a mulher à eterna decoração,
(béim, béim, béim)
um belo objeto que não pode dizer não,
(béim, béim, béim)
sempre pronta para manusear as panelas,
(béim, béim, béim)
arrumar a cama e depois abrir bem as pernas.
(béim, béim, béim)

O repente foi interrompido, breve pausa bem no meio do torneio para mudar o mote. O organizador disse "Agora é política, deputado ladrão, inflação". O discurso, as vozes monocórdias e a batida na viola continuaram as mesmas. Afinal de contas, isso não muda assim, não. Isso demora. Você duvida?

Serviço bem feito

Tavinho, matador temido, bem conhecido na região. Sarará, cabra da peste, nascido em meio ao agreste, entra em seu carro, rumo à capital. Arranjaram um serviço. Um juiz que anda atrapalhando a vida de um famoso casal de bandidos. Coisas de política e coluna social.

O carro último tipo, vistoso, moderno, um modelo italiano. Liga o som no volume máximo e nos alto-falantes surgem Aviões, Cavaleiros, tudo forró – elétrico, com teclados, com timbres, com letras, com vozes. Todinho padronizado.

Tavinho sai de Caruaru, cidade grande, patativa urbana em meio ao árido. Daqui a pouco, certamente, um milhão de habitantes. Gente chegando para a Sulanca, ônibus carregados, tudo comprado em atacado por um povo ávido.

Pega a estrada e se manda. Ao lado mandacarus, pedras, cascavéis que se mantêm longe do asfalto escaldante. No meio das montanhas as pedras cortadas e os carros singrando tranquilos. Quase inacreditável. Da natureza vem todo esse montante.

O *boyzinho* e matador Tavinho para numa barraquinha ao lado do acostamento. Enxerga sapotis, mangas, seriguelas e abacaxis. Pede ao rapaz um fruto com coroa, espinhento, e gelado. Pronto, o abacaxi foi descascado. O personagem relaxa e desprecavido come tranquilamente a fruta doce da Serra das Russas. Mel total, manjar dos homens. Paga ao menino e, com as mãos meladas e a sede saciada, entra novamente no carro e toma o rumo da capital.

Ainda amanhece e a boca gosmenta anuncia que bebera demais. Final de semana quase sem fim. Festas com amigos, reuniões familiares. Muitos almoços, tira-gostos, cachaças e jantares.

Segue na estrada. Deixa Bezerros, cidade dos papa-angus; segue por Gravatá, cidade alpina; vence Pombos, povoado em populacional arribação. Rapidamente acelera Tavinho, o matador mirrado, contemporâneo, e destemido cabra da peste.

Em Vitória de Santo Antão avista do lado direito a fábrica.

Tavinho tem pouca leitura, mas conhece o rótulo da Pitú. Uma lata e uma garrafa imensas decoram a entrada. "Cachaça internacional, exportada até para a Alemanha e para a África", pensou. "A culpa pelo sono e pela moleza – externou – é tua, desgracenta!".

Segue firme na pista: uma curva à direita, e depois uma à esquerda. Enxerga ao longe a fábrica da Sadia. Salsichas, frangos, pernis. Menos povo a esmo. Dependentes de prefeitos, de promessas, de coronéis. A Revolução Industrial chega três séculos depois que na Inglaterra. Desempregado vira proletário. Venda do tempo de trabalho. *Bye, bye*, agregado. No rádio do carro toca uma embolada. Dupla *Castanha e Caju*. Acelera.

As pestanas começam a ruir. Na entrada para Moreno o sarará Tavinho segue direto, rapidinho, rumo a Recife. Sonolento, cochila numa curva. Acorda tarde demais. Vem a ribanceira e a morte chega certeira.

Vidros e dentes partidos, lataria e crânio abertos. Miolos e pedaços de bancos espalhados. Outros motoristas avistaram de longe acostamento, capim e barranco encharcados. Intermináveis cenas de horror automobilístico: François Cévert, Gilles Villeneuve, Ayrton Senna. Filme comum, corriqueiro, diário.

Quem diria, o matador Tavinho finalmente encontrando sua fiel depositária: a morte, essa maldosa e eterna cobradora. Agiota. Salafrária, alguns dizem dos juros e das correções monetárias.

Perda total.

Patativa

Na feira de Caruaru tinha tudo *pra* gente ver, cheirar, usufruir.

Mel de abelha, rapadura, queijo de coalho, sela, arreio, manteiga de garrafa e artesanato. Hoje em dia sobraram a poluição do Ipojuca, os brinquedos, os relógios e os tênis *made in China*; as cuecas, blusas, calças, bonés e calcinhas da Feira da Sulanca.

Uma arte e uma cultura que parecem aos poucos se acabar, se estancar. Algo que se vê, se percebe, não se supõe nem profetiza. Não precisa. Uma cidade que cresce, cresce e cresce, e por demais aparece. Uma outra patativa canta em meio a um buraco árido do agreste. Terra estorricada cercada por pedras, mandacarus e povoada por gente de fala cantada.

Um canto, uma fala, uma língua de crescimento rápido, desenfreado; de comércio e indústria, tudo muito exacerbado. Desenvolvimento, fios de *nylon*, linhas de algodão e muito plástico. Por que não? Uma outra cidade, uma outra vida, uma outra batida de xote, baião e festa junina.

Na feira de Caruaru tinha tudo *pra* gente ver. Agora tem outras coisas para os homens, para as mulheres, para os meninos e para as meninas. Foi-se mestre Vitalino, e com ele os bonecos de barro que exibiam profissões: boiadeiros, professores, carroceiros, dentistas, doutores. Ficaram os discípulos do Alto do Moura. Uma outra feira, uma nova cidade, um novo tempo *pra* se ver, viver, comprar, cheirar, usufruir.

Nem melhor. Nem pior. Outro tempo.

Os papa-angus

> No centro da zona, no coração da zona açucareira, e nos arredores de não sei bem quantas léguas, a notícia correu depressa, que má notícia era: Quiterinha passara-se, com armas e bagagens, se fora de vez.
>
> Hermilo Borba Filho, *As meninas do sobrado.*

Bio dera a ordem: "Mulher minha não é quenga e não sai no carnaval!".

O som vinha de fora, a troça dos papa-angus tomava as ruazinhas de Bezerros. Bio se foi e trancou a mulher, levando a chave, o respeito e a esperança.

Maria não era das Dores, nem do Perpétuo Socorro. Era mulher decidida, gênio difícil, trelosa mesmo. Correu até a cama e sacou o lençol que atou a fronhas, toalhas, e transformou numa Magirus agrestina.

Abriu a janela e amarrou a corda improvisada num pé da cama de madeira maçaranduba. Ganhou o parapeito, *desescalou* como um hábil calango fêmea, grudado à parede da casa de pavimento, e em pouco tempo pisava a calçada. Ganhou a rua, a festa, a liberdade. De um moço bonito veio o presente da máscara, e pulou na levada carnavalesca da troça.

Som marcial fervendo a estreita rua. Gente empobrecida, feliz durante quatro dias. Ataques de repique, de tambor, de metais, de percussão. Suor, chinelos, alpercatas, sapatos velhos, pés descalços, tudo e todos voando e pulando *pra* todo lado.

Dobrou a esquina e num boteco avistou Bio: bebendo, rodeado de duas quengas, cada uma sentada numa perna, e ruminou lá consigo: "cabra safado!". Não pensou duas vezes. Agarrou pela cintura o moço bonito e pulou com ele durante a tarde, e a noite inteira.

Bio, bêbado, dormindo num canto do bar e Maria se atracando com outro a céu aberto, no motel da natureza. Estrelas, pedras, mandacarus, muito geme-geme e entra e sai. Conto de traição, vileza, escapadelas. Mais um conto de carnaval.

E agora, PE?

E agora, PE, que Capiba morreu e Nelson Ferreira se foi, quem irá compor os teus frevos?

E agora, PE, que Claudionor Germano emudeceu, quem será o bamba da voz a imortalizar suas canções de bloco, de rua, de apreço e saudade? De onde surgirá a renovação se nas tuas ruas pipocam quase que somente músicas com levada brega e baiana quase todos os dias? Quanta ironia!

E me recordei de um tempo em que em Boa Viagem inexistiam prédios e eu tomava feliz o líquido gelado e gasoso de uma garrafa de Fratelli Vita. A orla tomada por casas de poucos andares. Novos ricos orgulhosos ladeando quatrocentões comerciais e canavieiros.

Um tempo em que inexistiam filtro e bronzeador solar e nos queimávamos com o sol escaldante; tempo de uma areia muito branca que refletia a intensa claridade do dia.

Pequenas dunas, vários coqueiros; na areia corriam, espevitadas, marias-farinha. Eu e os meus pais e irmãos, fotos e recordações. Noites de dor e ardência, queimaduras amenizadas por litros e litros de Caladryl. Castelos de areia imortalizados nas imagens do meu passado.

E agora, PE, que a Peixada do Lula, outrora no Pina, fechou, onde encontrarei a simplicidade, o aconchego, e as deliciosas porções de agulhas fritas?

Confesso, eu daria tudo para encontrar os que amo e que já se foram em um mesmo plano de um filme de Bergman. Mas nada de Escandinávia. Desculpem-me a empáfia, mas essa película deveria ter locações praianas e exclusivamente pernambucanas.

Nesses planos longos, bergmanianos, memorialistas, adultos, relembrariam e observariam toda uma vida que se foi e te transformou em outro: outros seres, com novas lentes, ou talvez a mesma, mas lente agora opaca, esmaecida. Novas estradas, novas pontes, novas pistas, novo curso, novas vielas percorridas.

E agora, PE, que meu pai se foi, que meu tio favorito partiu, quem irá me apresentar o novo Pernambuco? Agora que não sou mais, como dizem, nenhum *boyzinho*; agora que estou cada vez mais longe de ser um cabra cheio de energia?

Meus primos, meus amigos, confesso, andei pensando a respeito, e sugiro o coração aberto. Aberto a espera dos *cicerones*, dos guias, de um jeito diferente de continuarmos nessa frevança, nesse forró, nessa alegria todos os dias. E isso, garanto, é muita lenha *pra* queimar, muito e exagerado estofo. PE me proteja, me retorne, que seja a passeio e que Deus me tenha!

Que o divino refresque a minha memória e me dê lucidez contemporânea. Memória afinal de contas é madeira que cupim não rói. A não ser que você tenha Alzheimer. Aí, infelizmente, já é outra história.

Treloso

Menino que não para quieto. Fica bulindo em tudo. Manga de um, debocha de outro. Não adiantam surras de cinta, cascudos no *coco*, palmadas na bunda. Da bomboniere retira e come todos os confeitos, do bolo de rolo não deixa um farelo, do tabuleiro saca e sorve todas as cocadas de uma vez.

Anos nessa, gera antipatia dos outros amigos, colegas, parentes próximos e distantes. Anos nessa, gera obesidade, pneus do lado da barriga, cansaço crescente e ausência de mobilidade. Menino treloso se move agora com dificuldade. Não come mais cará, macaxeira, carne de charque. Exercício físico, nem pensar. Prefere morrer tísico.

Treloso agora é moderno e está na última moda, características culturais que valorizam o último modelo. Come na praça da alimentação um hambúrguer caprichado, molhado por um ketchup industrializado e um refrigerante enlatado. Mas vai que um dia o corpo pede arrego!

Anos se passam e menino treloso é agora um rapaz obeso, deprimido, aculturado alimentar, massacrado pela gordura trans na rua e no lar. Cérebro, pensamento, ideias, veias, artérias, tanta coisa entupida, que dá até vontade de chorar.

Em suas peregrinações pelo *shopping* compra cuecas extra GG, tudo super, tudo mega. Sai da loja e passa perto das lanchonetes. Para não perder o costume pede um *sundae* de morango, caramelado, coberto com amendoins granulados.

Paga, pega o pedido e se encaminha para o assento. Partes enormes do traseiro de fora, treloso mal cabe na cadeira. Ávido, dá duas pazadas e cai fulminado. O rapaz sempre lesado, quem diria, agora definitivamente libertado. Despenca a cabeça sobre a mesa, depois do coração perpétua e certamente parado.

Correm seguranças em socorro, um auxiliar de enfermagem que fugira do plantão, um animado médico residente. Tudo em vão. Não adiantaram massagens cardíacas e respiração boca a boca. Mais gente nova morta pelos hábitos, pelo sedentarismo e pela boca. Não interessa, minha gente, se trelosa, tinhosa, tranquila ou não. Esse, sim, foi um previsível final infeliz.

Turista

I

Hans Friedrich era um turista sexual. Adorava acariciar e deitar-se nu ao lado das menininhas pobres do nordeste. Conhecera meninas de 12 a 15 anos no Ceará, na Paraíba, e não dispensara nenhuma potiguar.

Desembarcou feliz no aeroporto dos Guararapes. Seria a sua primeira estadia em Recife. Pegou a mala na esteira, atravessou o saguão, ganhou a calçada, e tomou um táxi. Como não falava português, mostrou o endereço do hotel para o taxista. O motorista pegou o papel anotado e sorriu. Não seguiu para Boa Viagem. Ganhou as ruas que saíam da cidade.

O turista começou a se enervar; afinal, esse não parecia ser o caminho da praia. Bateu no vidro que separava o banco de trás dos dianteiros. O taxista apenas sorriu um sorriso que parecia interminável, e disse:

– Gringo *véio*, agora você *silascou*.

Nervoso e suando muito, Hans olhou para a rodovia e percebeu que outro veículo os seguia. Contou mais três homens, morenos, uns muito magros, um que parecia mais forte. Deixaram Recife e seguiram por Bonança, por Vitória de Santo Antão, sempre a caminho de Caruaru. Na Serra das Russas tomaram uma estradinha de pedras e de terra. Aridez, vegetação espinhosa de mandacarus. Muitos pássaros cantavam, apesar do calor. Pararam numa clareira, uma picada em meio ao semiárido. O taxista desceu já com arma em punho. O outro carro, já estacionado ao lado. Hans foi retirado, sacudido, brutalmente espancado. Socaram boca, barriga, chutaram pernas e braços. O homem ficou ali, desacordado. Um filete de sangue escorria da testa. Na boca, dois dentes lascados. Quatro gabirus contra um ariano. Tomaram-lhe a mala, os euros, a esperança de um passeio sexual.

Isso foi logo após a hora do almoço. O estrangeiro ali caído, ensanguentado. Homem desacordado. A boca secava, a pele avermelhava, ele gemia, e ninguém ouvia. Passaram-se algumas horas e pousaram alguns urubus que, durante minutos, no céu rodopiaram. Os bichos foram, aos pulinhos, se aproximando de olhos, boca, rosto. Fediam à carniça acumulada de anos. O homem levou uma bicada no rosto. Estava prestes a ganhar uma no olho quando soou um tiro. Arma de caçar arribação. Um bicho foi alvejado e tombou morto. Os carniceiros correram num gesto de preparo de decolagem e em segundos ganharam os céus.

Um outro homem se aproximou. Chapéu e roupa de couro. As alpercatas protegiam a sola dos pés. Estacou ao lado do outro, desacordado. Abriu o cantil e lavou com a pequenina cascata o rosto do outro. Gemido emitido. Aos poucos, reagia.

– Então tu *tá* vivo, cabra? – perguntou, e sorriu.

Na boca se contavam os dentes bons. No máximo, três ou quatro. O restante eram cacos amarelados e *empreteados*. Calamidade bucal.

O sertanejo percebeu o contraste na tonalidade da pele. O caído, branco demais, rosto avermelhado pelo sol, de altura certamente de mais de um e oitenta. Ele, moreno, baixinho, marcas do arado do tempo. Rosto todo sulcado. Um com a pele ressequida, e o outro com a pele vermelha, mas bem tratada.

Além do sertanejo aproximou-se do homem caído também um bicho. Bicho que não abanou o rabo. Rosnou, ladrou, latiu como nunca. O dono mandou que se calasse:

– Fica quieto, Batman.

Ajudou para que o outro se levantasse. Fez do seu ombro um apoio e do seu braço uma muleta. Seguiram a passos lentos. Sol a pino, aridez, pedras, calangos correndo de um lado ao outro. Mandacarus, espinhos, arbustos, galhos secos. Pequenino tufo de verde. Verde que brota nas primeiras chuvas. Que renascia em meio a uma aridez que parecia não ter mais fim.

II

Hans acordou em cima de uma cama com colchão de palha. Olhou para os lados e numa parede avistou um terço de madeira e um quadro pintado em aquarela. Quadro de uma família. Pai, mãe, dois meninos e uma menina. Na penteadeira equilibravam-se estatuetas de Nossa Senhora e de Padre Cícero. O rosto, a boca e a barriga doíam. Na frente da cama, sentada em um tamborete, uma menina o observava.

– Painho, mainha! O moço acordou! – ela gritou.

Dois adultos correram até o quarto. Mais atrás também se aproximou um rapazinho. O pai sorriu.

– Tu *levou* uma surra, hein, cabra! Foi roubo? Tu *tá* melhor?

Hans não entendia. Nunca se interessou em aprender português.

– Painho, eu acho que ele é do estrangeiro. Não deve estar entendendo o que estamos falando.

– Será que ele quer água? Será que *tá* com fome? – perguntou a mãe.

– Só tem um jeito de saber.

E o pai fez um gesto para que o filho fosse até e cozinha e pegasse na talha um copo cheio com água. Retornou. Ofereceu a Hans e ele virou o copo de uma vez só.

– Oxente, ele *tá* morrendo de sede. Pega mais – disse o pai. E continuou: – Meu nome é Severino. Severino Silva. Essa é minha mulher, Maria; minha filha, Joana; e esse aqui com a água é o João. Tenho mais um filho, mas ele mora em Petrolina. Colhe e planta uva.

Hans apenas sorria. Entendeu os nomes. Não compreendera o restante.

– *Nice to meet you. My name is Hans* – falou, em inglês.

– Painho, acho que ele é americano – disse a menina.

– *No, no* americano. Eu *ser* alemão – disse Hans, corrigindo a menina.

– Ah, painho, eu errei. Ele é alemão.

A mãe interveio:

– É melhor o senhor descansar. Amanhã cedo o João vai até Pombos chamar a polícia. Não temos telefone, *tá* noite fechada. O senhor entende?

Hans entendeu a palavra polícia e relaxou.

– O senhor *tá* com fome? Tem inhame, manteiga de garrafa, e eu posso fritar um ovo – continuou a mãe.

Ele não entendeu. A mãe fez um gesto de levar comida à boca com um garfo imaginário. Ele entendeu.

– *Sure*, claro, comida – arrematou.

Ajudaram-no a se levantar e seguiram para a cozinha. Lugar simples. Na sala, a televisão sintonizada na novela. Todos sentaram-se à mesa. Curiosa, a menina ficou por segundos observando os hematomas no rosto do homem. O pai serviu-se de cuscuz num prato fundo e derramou leite. A menina sacou de uma travessa um pedaço do queijo. O alemão sorriu. Conhecia os palitos assados com orégano das praias nordestinas.

– Painho, eu acho que ele quer um pedaço de queijo coalho.

Enquanto a menina falava, Hans examinou minuciosamente a cor de sua pele. Quando ela se levantou para fritar mais um pedaço de queijo ele filmou suas ancas que cresciam. Fotografou seus seios que despontavam por sob o vestido sem sutiã. A menina ao voltar para a mesa notou o olhar diferente de Hans. Quando ela lhe esticou o prato com o queijo frito ele estrategicamente passou sua mão por cima da dela.

– Obrigado – agradeceu, num português arrastado.

A menina estremeceu e o homem sorriu internamente.

A família sertaneja e o turista comeram e beberam todos os quitutes servidos: suco de graviola, café com leite, banana frita, cuscuz, inhame, ovos fritos, cará. Foram dormir antes das 22h. No dia seguinte João iria atrás da polícia e Severino cumpriria diária no roçado. Deitaram-se, apagaram as luzes e dormiram. Gente que dorme como pedras, se estas tivessem formato humano. Somente Hans gemeu, se virou, dormitou e acordou a noite inteirinha.

Sonhou com a menina. No sonho Joana estava nua. Seios do tamanho de azeitonas, pele morena, púbis quase sem pelos. A menina sentara-se no seu colo e pedira em alemão. Mas era um alemão estranho, que lembrava o português. E ela dizia:

– Vem, Painho, vem.

E ele seguiu delirando até o canto do galo, às seis da manhã.

III

O hóspede levanta-se. Segue cambaleante até o banheiro. Cospe na pia um punhado de sangue. Na saída descobre que o anfitrião saiu para o roçado de milho e o rapazinho seguiu para a cidade de Pombos atrás da polícia. A mãe ajeitava lenha no forno e a menina ajudava a retirar o feijão de corda da vagem.

A mulher faz um sinal indicando que ele pode se sentar e tomar café à vontade. Hans se senta e começa a se servir. Um pedaço de macaxeira, manteiga de garrafa por cima, uma xícara de café puro. Engole o líquido enegrecido em goles lentos. Emite um som em baixo volume, de sucção, discreto. Avista a menina que entra carregando uma acha. Os olhos dos dois se encontram. Ela enrubesce e abaixa a cabeça. Ele mira suas pernas finas, as ancas que começam a dilatar, os seios despontando por sob o vestido.

– O senhor fique à vontade. Não faça cerimônia. Aqui no nordeste nós não temos frescura. Pode chegar e se servir – diz Maria.

Hans sorri. Não entende o que a mulher fala. O sotaque é arrastado, acentuado, e ela fala rápido demais. Ele come, agradece e sai para o terreiro. Avista as árvores baixas, a vegetação rasteira, a cor acinzentada em poucas partes. Afinal, algum verde. Deve ter chovido. Pedras cercadas e ladeadas por arbustos. Algumas poucas gramíneas. Cabras e bodes pastam livremente. Ele segue até uma pequena estradinha. Deve ter sido a estrada pela qual chegaram. Um cachorro vira-lata começa a latir e a rosnar. O bicho é de um branco encardido. Seus dentes parecem bons, afiados.

O hóspede retorna para a entrada da casa. A menina escuta o rosnado e vai até a porta. Visualiza a cena. O homem caminha de costas e o cachorro segue em posição de ataque. Percebe que o homem está encurralado e sabe que em casos extremos ele morde. Já fez isso em outras ocasiões com os meninos dos vizinhos.

– Oxente, Batman, deixa o moço em paz. Ele é bonzinho, é amigo – grita a menina.

– É isso, seu cachorro da moléstia! Deixa o moço em paz – arremata a mãe lá de dentro.

O cachorro para o latido. Senta-se no terreiro com o olhar fixo no intruso. As patas ladeando as orelhas e um olhar de quem não vai perdoar. É um cachorro grande. Lembra um São Bernardo, mas é um santo ordinário. Um santo sem raça, sem *pedigree*.

O homem se senta na escadinha da soleira que dá na cozinha. Joana está em pé a seu lado. Ele toma o seu tornozelo na palma da mão direita. A menina estremece. Ele começa a fazer carinho com a ponta das unhas. A menina, estática. Presa hipnotizada pelo predador. Cobra peçonhenta *versus* preá da caatinga. Sobe a mão entre as pernas da menina. A mãe escuta um suspiro e vem até a porta. Arregala uns olhos enormes e cutuca, com o pé, o hóspede.

– Oxente, moço, que saliência é essa com a minha filha? *Tá* alisando o que aí no meio das pernas dela? Joana, já *pro* quarto!

O turista ri. É um riso frio, distante, involuntário.

– A gente recebe o senhor na nossa casa, cuida das feridas, dá comida, *pra* você vir com essas saliências...!

O homem se levanta da soleira. Pega no braço da mulher, sacode seus ombros e a arremessa no chão. Ela cai sentada no meio da pequenina cozinha. Bate a cabeça no pé de uma mesa repleta de feijão de corda já colhido em uma travessa. Os grãos se espalham todos pelo chão. Ela se levanta e empunha uma colher de madeira. Parte para cima do turista. Mas não dá tempo. Batman vem por detrás e morde raivosamente sua perna, sua barriga. Ele cai e o cachorro abocanha seu rosto, suas orelhas, seu couro cabeludo.

O homem grita. O grito é de dor. Ali inexiste remorso ou vergonha. A mulher passa a golpeá-lo com a colher de madeira. Golpeia nas costas, nas pernas, no sexo. O homem não grita mais, apenas geme.

Surge a menina e pede que a mãe pare.

– *Tá* bom, mainha, *tá* bom. Vais matar o moço!

A mãe para. O cachorro não larga, e elas começam a golpear o bicho no focinho. O canino afrouxa os dentes, solta o homem e sai ganindo. A mãe levanta a cabeça e vê quando chega a polícia. O filho desce do carro. Não entende o que está acontecendo. Duas portas são abertas e surge um agente e um delegado. Caminham lentamente até a soleira. Compreendem a cena que se desenha à frente e se cutucam mutuamente.

– Que droga, hein, delegado. Acabamos de limpar os bancos do carro e vamos sujar tudinho de sangue novamente.

O delegado bufa e solta o ar. Faz isso porque sabe que o agente dificilmente se engana. Homem correto, sempre coberto por uma certa verdade. Caminham lentamente. Aproximam-se da soleira e observam o agredido. Couro cabeludo em carne viva. Barriga, pernas, rosto. Todo mordido.

– É, Genuíno, vai ser aquela melequeira novamente! – e sacou o trinta oito do coldre e também o seu par de algemas.

Minuanos

Imaginário

De fusquinha, dois adultos no banco da frente e três crianças no banco de trás.

Entre dois dias e meio e três dias de viagem. Distrito Federal, Goiás, Minas Gerais, São Paulo, Paraná, Santa Catarina, até chegar ao Rio Grande. Brigas, beliscões, petelecos.

– Eu vou parar o carro e colocar vocês para brigarem! – ameaça o pai.

Dois homens e uma mulher. Um menino mais velho; a garota, irmã do meio; e o caçula.

Duas noites dormidas em hoteizinhos de posto de gasolina. Os melhores ficam nas cidades de nomes estranhos: Caçador, Ponta Grossa, Frederico Westphalen. Nessa época começaram a catalogá-los por estrelas. Abria-se o guia Quatro Rodas e lá estavam restaurantes, hotéis, estradas. Uma, duas, três estrelas. Ou sem menção de pertencer a alguma constelação. "Ambiente limpo, aconchegante, agradável." Centenas, milhares de bêérres, vicinais, pontes, viadutos, distribuídas num país gigantesco.

A constatação é a de que anualmente visitamos parentes. Eles, pouco vêm até nós. Geralmente vêm em datas festivas. Passamos anos sem Natais, sem Páscoas e *Réveillons* com visitas em Brasília. Nós é que vamos até eles. Um ano subimos até Recife; no outro, descemos até Porto Alegre.

"Bah, é longe demais *pra* ir de carro e avião não se pode pagar", diz um; "Oxente, é mais fácil vocês virem aqui *pro* nordeste. As praias, os folguedos, as comidas típicas, tudo está por aqui", afirma outro.

Em um ano fizemos a loucura de Variant, carro cor de abacate. Fomos até Porto Alegre e resolvemos que iríamos até Recife. O automóvel rodou uns seis mil quilômetros em menos de trinta dias. Pingados e mais pingados nas lanchonetes de postos de gasolina. Dezenas de mistos-quentes. Crianças descendo de tempos em tempos na direção do mato carregando um providencial e necessário rolo de papel higiênico. E tomem tapas, beliscões, petelecos, unhadas, e a ladainha paterna:

– Vou parar o carro no acostamento e colocar vocês para brigarem! Parem já com isso!

Meu pai, com as piadinhas ruins. Piadinhas que na época pareciam boas. Olhava uma placa onde se lia "Dirija com prudência" e arrematava um: "Que prudência, que nada! Prefiro dirigir com Cacilda".

Os duelos, os torneios. Apostávamos quantos caminhões de determinada marca apareceriam durante o trajeto. Meu pai ficava com os Mercedes, e eu e meu irmão com os Fenemês e os Scanias. Perdíamos sempre. Nas estradas do país parecia que todos usavam uma única marca. Monopólio de peças, de transportes, de rebites.

Interessante observar o que nunca se vê dos aviões. As mudanças no clima, nas vegetações, nos sotaques. Mudanças à mesa. Peculiaridades culinárias. Tutus, pêéfes, cafés coloniais. Diferenças de preço de combustíveis e até de indumentária. País-continente que não parece ter fim.

Para o sul, as estradas melhores, mais bem sinalizadas, conservadas. Para o nordeste, muito mais acabadas. Muitos buracos; trechos de terra, alternando com os de asfalto. Gente vendendo pássaros, frutas, répteis, gatos do mato. No sul, compotas, conservas, caixas de uvas. No nordeste, carambolas, mangas, pitombas, seriguelas. Caminhos em descaso oficializado, outras estradas na ponta dos cascos e das borrachas dos pneus.

As placas se sucediam: divisas de estados, mudanças de costumes e de sotaques. Entra Paraná, Santa Catarina e, finalmente, Rio Grande. A imensa Lagoa dos Patos, o clima que parece ser outro. Talvez pela avidez, pela muita vontade. Asfalto, *freeway*, gaúcha *autobahn*. Começam os outdoors. Pelo desenho da simpática vaquinha, descobrimos que aqui tem Mumu. Marca de doce de leite. Minuano limão, Charrua, guaraná frisante Polar. Todos refrigerantes locais, que não se encontram em outro lugar. Quem se importa com o aumento de celulites e estrias? Ninguém falava nisso nesses tempos bicudos ditatoriais, que sufocavam o dia a dia e enchiam os porões.

Findaram-se as ameaças de parada no acostamento. Não brigamos mais. Ninguém mais pergunta: "Estamos chegando? Estamos chegando? Falta muito ainda?" Acalmamo-nos no banco traseiro do carro. A chegada, a reta final, tranquiliza-nos. A perspectiva do reencontro com avós, tios e primos nos renova.

De um lado ao outro da pista surgem galpões, postos de gasolina, pequenas habitações. Tudo muito diferente na época. Brasília não era assim. Na nossa terra, a cidade surgia do nada em meio ao ermo, ao cerrado seco. Sem aviso, sem introdução, sem preâmbulo. Porto Alegre, não. Ela avisa que está surgindo. Te avisa: "Guri, tu estás chegando!".

E fomos chegando mesmo. O Guaíba do lado direito, o estreitamento das pistas, a entrada na cidade com sotaque urbano peculiar. A rodoviária do lado esquerdo, redonda, suja nave espacial. Endereço: Rua Oscar Pereira. Meu pai anda se perdendo pela cidade e nos perdemos juntos. Avista um ponto de táxi. Encosta o carro e pede informação. O sotaque é bem diferente. Mais ou menos assim:

"Tu vais, segues adiante por ali, passas uma rua, sobes uma lomba, não tem errada!"

As dicas são seguidas e começamos a acertar o caminho. Corcéis, Belinas, Caravans estacionadas na rua, lado a lado com a calçada. Agora também um fusquinha. Acertamos. Minha mãe desce e toca a campainha. Prédio antigo, poucos andares. Meus avós certamente estão por ali. Três tias descem correndo. Descemos do veículo e esticamos pernas e colunas. Encontro entre os que descem e os que se esticam. Abraços, beijos. Não há apertos de bochechas. Eu e meus irmãos detestamos apertos de bochechas. É um ato agressivo, invasivo, é desconfortável, e dói. Na época não possuíamos esse vocabulário com palavras como agressivo e invasivo. Apenas deduzíamos. Na moda estavam palavras como "bicho", "legal", "bacana". Boa moda vocabular. Simples, direta, compreensível. Eu começava a ler gibis. Bolinha, Zé Carioca, Brasinha.

"Nossa, como essa gurizada cresceu!"

"Estão lindos!"

"Fizeram uma boa viagem?"

Minha mãe sorri. Está em casa. Não a casa adotada brasiliense. Está no habitat da criação, da escola, do concurso que a levou, como professora, para Brasília. É janeiro e o calor ferve a cidade. Subimos escadas, corrimãos descascados, envelhecidos. Entramos em um pequeno apartamento. Nossos avós estão sentados, tomando chimarrão. Levantam-se, nos beijam e abraçam. A cuia, de um lado, acomoda a erva e a bomba. A chaleira descansa no chão. Na parede, uma flâmula do Grêmio e uma foto autografada de Baltazar, o artilheiro de Deus. Mais gaúcho e Rio Grande, impossível. Mas confesso que nessa época eu apenas intuía, não tinha plena certeza. A certeza que isso um dia fosse acabar. De que as pessoas se vão, de que as ruas mudam seu curso, de que no lugar de casas erguem-se gigantescos edifícios. Foram-se os minuanos, os guaranás frisantes Polar. Foram-se Oscar Pereira e a subida da Azenha. Ficaram na memória a Protásio Alves e o sorvete Nevada. Partiram meus avós. Mas, da memória, volta e meia os resgato. E confesso, é muito bom, divertido, amistoso. Relação saudosa entre netos e avós. De cuca na forma, de nata batida, e *schmier* no pão. Relação gostosa, culinária, afetuosa. Ligação histórica umbilical erguendo uma ponte entre os pampas e o planalto central.

Regionalismos

Para tia Lena e Lucas Silva

I

Uma senhora sulista, casada, três filhas, traços clássicos greco-romanos, perambula pelas ruas da Tijuca. A Tijuca fica no Rio e é um bairro da zona norte. O pessoal que mora na zona sul discrimina o "povo" da zona norte. A Tijuca não tem praia, mas é quente de doer, suar e sofrer. Lá em cima corre uma brisa. Lá embaixo, nem sempre.

Essa senhora mora em um apê de cobertura. Nas paredes desse apê existem marcas de bala de tiroteios ocorridos no morro do Boréu. Lá de cima se avistam os morros do Boréu e da Formiga, mas não se avista o mar. Cariocas adoram praia, sol e conversas. Essa senhora também gosta dos três.

Ela entra em uma padaria. Olha os produtos dispostos no balcão. Sorri para o atendente e ele sorri de volta.

– Pois não?

– Moço, por favor, me veja um saco com dez cacetinhos.

– Como?

– Eu gostaria de um saco com dez cacetinhos.

O atendente sorri. Olha para um lado, para o outro. Ele mira o gerente sentado no caixa. O gerente mira-o de volta, sem entender o que se passa. Ele busca ar e tamborila no vidro do balcão.

– Olha, dona, tu *tá* curtindo com a minha cara, é?

A senhora se irrita.

– Moço, tu vais me conseguir o saco com os cacetinhos, ou não? Se não fores, me avisas que eu vou a outra padaria.

O rapaz se empertiga. Jogo o corpo para a frente e engrossa a voz.

– Olha, dona, cacetinhos nós não temos aqui. Mas se a senhora quiser um cacetão, *tamos* aí *pro* que der e vier.

II

Em outro dia, na mesma cidade, a mesma senhora entra numa confeitaria. Seu objetivo é encomendar doces para a festa de suas filhas gêmeas. Essa festa ocorrerá no colégio das meninas e ela imagina comprar um bolo bem bonito. Olha as vitrines, namora quindins e bombas de chocolate. Pede um pedaço de torta floresta negra e senta-se numa mesa. Come a torta e faz exclamações de prazer a cada dentada. São *uhhhhhhhsss* e *áááááááhhhhhhsssss* intermináveis. Após o último pedaço, sorve, agora, em goles comedidos, educados, a água mineral. A água mineral estava na garrafa, mas ela jamais a tomaria no gargalo. Somente em caso de extrema necessidade. Caso estivesse perdida num deserto, por exemplo. Serve no copo descartável com gestos moderados e gole a gole vai saciando sua sede.

Levanta-se e joga o copo no lixo. Entrega para a moça no balcão o prato e o garfo usados. Agradece e continua a namorar os doces, os pudins, as tortas, os quindins. A vitrine abaixo do balcão possui muitas, quase intermináveis opções. Ela se delicia visualmente. Sente um imenso prazer com tanta beleza e glicose confinada. Sente felicidade ao ver as coberturas, as cores berrantes dos glacês. Aproxima-se um rapaz negro, alto, músculos definidos em academia. Outro atendente.

– Pois não?

– Gostaria de encomendar um bolo para uma festa.

– Que bolo?

– Floresta negra.

– Para que dia?

– Segunda-feira que vem.

– A senhora gostaria do médio ou do grande?

– Do grande.

– Tem que deixar pago.

– Tudo bem. Onde eu pago?

– Ali no caixa mesmo – e aponta o balcão na entrada.

– Quanto custa?

– O grande sai por 150 reais.

– Outra coisa...

– Sim, senhora...

– Vocês fazem doce em grande quantidade?

– Claro!

– Então eu gostaria de encomendar um cento de negrinhos.

– Cento do quê?

– De negrinhos.

O atendente morreu de rir. Olhou para o lado. Buscou ar. Um colega se aproximou sem entender o motivo do riso.

– O que foi?

– Essa senhora aqui.

– O que foi?

– Quer um cento de negrinhos.

O outro atendente se junta ao anterior e os dois riem a valer. Falta ar para um, doem as costelas do outro. A senhora se irrita.

– Bah, que falta de respeito é essa? Se tu não queres vender o cento de negrinhos, eu vou para outra confeitaria.

Os rapazes param de rir. Um olha no rosto do outro. Fazem uma fisionomia de deboche. Cutucam-se com a ponta dos dedos, promovem tapinhas nas costas. O rapaz negro retoma o diálogo.

– Olha, minha senhora, negrinho nós não temos aqui não. Mas se a senhora quiser um *negão*, eu *tô* solteiro e à sua inteira disposição.

III

Estou no quarto lendo e meu primo me chama.

– Vamos jogar Fla-Flu?

– Fla-Flu? O que é isso?

– É um joguinho de futebol de mesa onde uns bonequinhos têm por objetivo bater na bola. Tu pegas uma haste e manuseias, golpeias, e, com habilidade, fazes o gol.

– Vamos lá, então, quero conhecer esse Fla-Flu.

Descemos as escadas até o porão e localizo mesas de futebol de botão, de tênis de mesa e de sinuca. Ele me aponta outra mesa a um canto.

– Que legal, você tem uma mesa de totó! – eu exclamo, exultante.

– Totó. Que totó o quê? Esse aí é o Fla-Flu.

– Fla-Flu? *Pra* gente lá em Brasília é totó ou pebolim.

– Totó? – e ele morre de rir – Nome de cachorro!

– Te garanto, melhor que Fla-Flu – retruco.

– Que melhor que nada!

– E vocês não têm vergonha, não? – pergunto.

– Vergonha do quê?

– Dessa subserviência ao futebol carioca. Por que não botaram Grenal?

Formulei essa pergunta entre os meus 12 e os meus 14 anos de idade. Meu primo ainda está vivo, saudável, e agora casado, um filho. Ele não me respondeu até hoje. Coisas da vida que não têm resposta. E se têm, ninguém te responde. Nunca.

Glossário:

Cacetinho: Denominação do pão francês no Rio Grande do Sul.

Negrinho: É o popular brigadeiro. Doce no formato de uma pequena bola grudenta de chocolate, feito à base de Leite Moça.

A morte do escritor

> Mayer Guinzburg teve finalmente de começar a trabalhar. Arranjou um emprego com o pai de Leib Kirschblum, um homem muito velho, que tinha uma pequena loja no Bom Fim, chamada "A Preferida".
>
> Moacyr Scliar, *O exército de um homem só.*

Hoje foi enterrado um escritor.

Um escritor que, em público, no trato com leitores e imprensa, sempre se mostrou afável, educado, acessível.

Conheci a existência da sua obra em Porto Alegre, por intermédio de uma tia. Tia que conhecia o meu gosto pela leitura. Quer passeio mais emocionante que esse? Ser levado a um templo do consumo filosófico, literário? Que máximo, descobrir uma parte dedicada somente a escritores gaúchos. Foi nessas estantes destinadas a valorizar o regional que o conheci. Gostei da capa, folheei o livro, e comprei. Não conhecia a Editora Expressão e Cultura, do Rio de Janeiro, e por isso imaginei que a editora, tal como a L&PM Editores, fosse também do sul.

Não sabia nada sobre o autor, nem sobre o Capitão Birobidjan. À medida que ia lendo, ia descobrindo. Descobri que o autor era judeu, filho de judeus, e que morou muito tempo no Bom Fim, bairro judaico de Porto Alegre. Ainda não sabia nada sobre escravidões, perseguições e diásporas, mas com a obra do autor fui aos poucos me familiarizando. Familiarizando com o humor, com a luta diária, e com as tentativas de aprender, repelir ou manter sua cultura, em meio à cultura do povo que o recebe como imigrante.

Li alguns livros como *Os deuses de Raquel* e a *Guerra no Bom Fim*, e comecei realmente a gostar desse autor. Como eu era filho de professora e nunca tivemos muito dinheiro de sobra, adorava garimpar em sebos, e exultava quando localizava um livro dele. Preciosidades que comprava à época por menos de 15 Cruzeiros.

Perto de terminar o segundo grau, conheci um rapaz em um sebo de Brasília. Começamos a papear sobre literatura e descobri que ele era gaúcho e que também escrevia. Trocamos telefones e começamos a nos encontrar em bares e debaixo dos blocos para conversarmos sobre literatura. Ele me presenteou com uma novela que ele havia escrito. O original estava datilografado, com modificações a caneta, as páginas presas por dois grampos enormes. Prometi que leria e lhe entreguei uma pasta com alguns escritos meus. Uma semana depois nos reencontramos e demos o parecer um sobre a obra do outro. A minha foi destruída por ele.

"Bah, tu cometes muitos *bifes* – disse-me –, que são estes parágrafos enormes, estas orações intermináveis. Começas um ou outro conto até de maneira interessante, mas ao longo da narrativa vais-te perdendo." E continua: "Por que não colocas os teus personagens em reflexão? Não há formatação, delineamento psicológico na tua escrita. A ação se passa de maneira hollywoodiana. Não há pausas, momentos de introspecção". E deu uma risadinha sardônica, que me deixou sem ação, e perguntou:

"E tu, o que achaste da minha novela?"

Puxei ar e procurei medir bem as palavras. Estava com a garganta apertada. Glote esmagada pela crítica meio destrutiva, meio construtiva, que acabara de receber.

"Achei chata!"

"Chata?! Como assim, chata?"

"Parece um daqueles filmes franceses em que nada acontece. Os personagens fumam o tempo inteiro, falam o tempo todo. Diálogos tristes, desesperançados. Achei, me desculpe, monótona, cansativa."

Ele ficou me olhando bem dentro dos olhos.

"Isso não é represália pela crítica que fiz ao teu texto"?

Precisei rir.

"Juro que não. Foi o que realmente senti. Mas, veja bem, não sou crítico, não sou acadêmico. Sou apenas um estudante que termina o segundo grau."

Ele me encarou.

"Você sabia que essa novela recebeu elogios da avaliação editorial da Brasiliense? Eles quase a publicaram" – e sorriu. "Droga, bem que eles podiam tê-la publicado."

Para amenizar o clima que se esboçava tenso, resolvi fazer uma pergunta simples:

"Você gosta do Moacyr Scliar?"

Ele fez uma cara de asco como se eu tivesse perguntado se ele achava saudáveis as pessoas que bebem a própria urina.

"Ele tem muitos problemas narrativos. Não é um escritor que vive somente para a literatura, ou da literatura. Ele é médico e escreve nas madrugadas. Não tem como ser um bom autor sem dedicar-se integralmente à literatura."

"Por quê?" – perguntei, chocado.

"Ele é médico."

"E daí, se ele é médico? Qual é o problema? Médicos não podem escrever?"

"Os melhores autores são acadêmicos e jornalistas, são aqueles que fazem do ofício diário da escrita o seu ganha-pão. Não tem como, e tu sabes, ser bom em algo, se não o praticas diariamente. Se tu és um médico e te preocupas com soro, plasma e paciente, como serás um bom autor?"

Atualmente a moda literária, o *boom*, a crista da onda, do reconhecimento acadêmico e possivelmente de crítica, seria publicar pela Cia. das Letras. Nessa época "os melhores", os mais vendáveis, *undergrounds*, *beatniks* e contestadores autores publicavam pela Editora Brasiliense. Certamente ele poderia ter publicado o seu original por outra editora. Mas outra não servia. Servia tão e somente a Brasiliense.

"Tu conheces o Flávio Santiago Abreu?" – me perguntou.

"Não."

"Trouxe para ti um dos melhores livros de contos já lançados no Brasil em todos os tempos" – e me estendeu, depois de retirar de uma pasta *O ovo apunhalado na quina*. "Tu, por favor, dê uma lida, e depois me conte o que achaste."

"É presente?"

"Claro, trouxe para ti!"

Estávamos debaixo do meu bloco. Tarde de agosto em meio ao cerrado urbanizado. A seca brasiliense começava a rachar lábios e a fazer com que algumas pessoas expelissem sangue pelo nariz. Agradeci pelo livro e nos despedimos. Senti na minha a sua mão malemolente, lisinha, sem calo algum, mãos de pianista. Ele sorriu e olhou bem dentro dos meus olhos.

O encontro deu-se na semana seguinte. Ele foi até o apartamento onde eu e meus irmãos morávamos com nossos pais. Entrou no meu quarto, sentou-se na cama do meu irmão, e eu na minha. Saquei da capa e coloquei um vinil do Pat Metheny na vitrola, músicas do American Garage.

"Leste o livro?"

"Li."

"O que achaste?"

"Gostei muito."

"Muito melhor que o Scliar, não é?"

"Melhor, não. Diferente, apenas. Gostei daqueles contos com ET's e outros no clima realismo fantástico. Muito bom."

"Eu amo o Flávio!"

"Ama em que sentido?"

"Tu queres saber se é físico? Eu o conheço bem. Sabia que foi ele que ajudou a organizar o livro do Marcelo Rubens de Nuvens Paiva? O livro chegou sem pé nem cabeça lá na editora."

"Você está falando do *Feliz ano novo de novo*?"

"Isso."

"E o que mais?"

"*Pro* Flávio não existe diferença entre sexos. *Pra* ele homem e mulher são apenas sexuais."

"Então ele é gay?"

"Não, gay não! Ele é apenas sexual. E eu também. Eu posso até te chocar, mas eu já fiquei com mulheres, e com homens também. Com alguns, aliás."

"Você já ficou com o Flávio, também."

Ele deu uma risadinha.

"Não posso dizer. Isso é algo meu, algo nosso."

"Nosso? Meu e seu?"

"Não, meu e do Flávio."

"Você não tem medo de adoecer com essa nova doença surgindo, a AIDS?"

"Que nada, é só você se cuidar."

Depois ele tentou fazer um movimento sinuoso, desenhado no ar, e aproximou, ao som de American Garage, sua boca da minha. Virei meu rosto, me afastei, e segurei a sua mão com um misto de firmeza e delicadeza.

"Olha só, homens não me atraem. Gosto mesmo é de mulheres. Sinto muito, mas isso é fato. Não sou sexual como você e o Flávio. Gosto de sexo, mas sexo com mulheres."

"Já tentaste com homens?"

"Não, e provavelmente, a não ser que pague a minha língua muito bem paga, só o farei com mulheres. Homens não me atraem, não me interessam. Tenho esse direito, não é?"

Ele sorriu, meio vencido.

"Claro!"

Depois de ter ido embora nunca mais o vi e nunca mais nos falamos. Certamente não publicou a sua novela. Ele me prometera um exemplar, mas nada dele chegara pelo correio durante anos. Tempos depois, algumas cartas e cartões postais, apenas. Na sequência da vida e dos novos tempos, problemas financeiros quase levaram a Editora Brasiliense à falência. Ele teria que procurar outra casa publicadora, provavelmente com um novo original. Clássicos à parte, novos tempos, novas ideias. E mais: novas situações e imposições capitais.

Flávio Santiago Abreu morreu anos depois em decorrência da AIDS. Temo que, em um tempo sem coquetéis que prolongassem a vida, meu colega amante das letras também tenha sucumbido pela cruel doença que retira a imunidade. Há escritores que morrem de maneira discreta, sem alarde. Escritores que são enterrados e não causam choradeira, carreatas, comoção. Criadores que não concebem personagens ícones. Escritores que não são consumidos em larga escala pelo público. Escribas que não são produzidos em linha de produção ininterrupta pela indústria pop.

Não há Sherlock Holmes nem Harry Potter por aqui. E que diferença faz se Conan Doyle e J. K. Rowling se vão? A obra fica; e eles, ainda que postumamente, certamente venderão milhões. Só não se pode cometer o sacrilégio de matar a galinha detetive ou o garnisé bruxinho dos ovos de ouro. Quem é você, autor, para cometer tal pecado? O personagem não te pertence mais. Tornou-se um ícone da cultura pop. E ele, o autor, o escravo da sua obra única que se propaga enquanto render. Serviçal perpétuo do seu tema. Escritor-ator estigmatizado, como Sean Connery e Roger Moore, no papel de James Bond.

Hoje foi enterrado um escritor. Foi enterrado sem pompas. Talvez fosse cremado e suas cinzas lançadas no Guaíba, no Tietê ou no Lago Paranoá. Hoje foi enterrado um escritor e o foi de maneira discreta. Sem o alarde das ruas do Brasil penta na Copa, sem a comoção do Chacrinha "velho guerreiro" baixando a sepultura. Simplesmente cessou-se uma boa linha de produção literária, necessária, humanística. Não houve vigílias nem centenas de coroas de flores depositadas frente ao palácio de Buckingham, como na morte de Lady Di. Pessoas não gritaram, desmaiaram e arrancaram os cabelos, como nas mortes de Elvis e Michael Jackson. Ele simplesmente morreu. Morreu em decorrência de um AVC e simplesmente sumiu. Sumiu assim normalmente, sem pompas, sem arautos, como um homem comum.

E corriqueira e humanamente eu me despeço de você, Moacyr.

Boa viagem, vá com Deus, descanse em paz. Nunca mais publicações, centauros nos jardins, capitães quixotescos, guerras no Bom Fim. Pena! Saudade perpétua e tristeza pelo que nunca mais há de vir.

Brasília, segunda-feira, 28 de fevereiro de 2011.

Xenofobia regional

Alguns dias após mergulhar nas águas geladas da praia de Tramandaí, meu pai começou a suar e a tossir bastante. Já de volta a Brasília, tememos pelo pior. Muita febre, suor, ficava dias inteiros estirado na cama. Chegava a delirar em lençóis e mais lençóis empapados. O diagnóstico veio finalmente: pneumonia. Foi tratado, curado à base de antibióticos e permaneceu no nosso seio familiar por mais três décadas.

As praias do Rio Grande, para quem está acostumado com as belezas e a temperatura das do nordeste, são realmente feias, sem atrativos. Águas geladas, areia repleta de tatuís, um minicrustáceo que fica borbulhando na sola dos pés a cada caminhada. Ausência total de declives e aclives naturais, com exceção de Torres e suas falésias. Aquele vento forte batendo nos rostos, açoitando a pele, levantando guarda-sóis, bolas e cangas. Não há uma duna, não existem arrecifes que criem piscinões. As ondas vêm, batem, te açoitam, te empurram, te puxam, te levam.

Alguns gaúchos também se recusam a sair do Rio Grande. Certa vez, vasculhando um sebo, no centro de Porto Alegre, escutei um senhor, que me pareceu o dono, dizer:

"Nunca saí do Rio Grande. Sair *pra* que, tchê, se temos tudo o que precisamos por aqui: praias, mar, sol, serra, bom vinho, friozinho e friozão?"

O dono conversava com um casal: ele, gaúcho; ela, nordestina. Ele mostrava a capital dos pampas para a mulher, que não a conhecia. O dono do sebo perguntou:

"De onde tu és?"

"De Maceió."

"É Paraíba, não é?"

A mulher ficou sem graça. O marido não respondeu. Silêncio de alguns segundos que parecem séculos. Constrangimento em estado puro. Me meti e respondi:

"Paraíba é João Pessoa. Maceió fica em Alagoas."

O rosto da moça ficou radiante.

"Você conhece?" – perguntou-me num misto de alívio e agradecimento.

"Claro! Já fiquei em Paripueira e fui também à praia do Francês e à praia do Gunga. Grande lugar. Parabéns!"

O dono me olhou. Curiosidade que me trata sem deferência. Sou medido do topo da cabeça à ponta dos pés. Percebi que o casal estava realmente aliviado. Quando fui embora me vieram à mente trechos do diálogo. Como o dono ou o gerente de um sebo, que trabalhava diariamente, e há anos, com instrução e cultura, não possuía uma mínima informação geográfica como essa? Recordei-me das estantes e do tamanho do sebo, que certamente possuía em seu acervo mais de 50 mil livros. Salões e mais salões repletos de conhecimento. Como aquele homem que vendia informação não sabia que Maceió era a capital de Alagoas e não da Paraíba?

Daí me veio à mente o que de melhor e ao mesmo tempo de pior existia no sul. O cultivo das tradições, da bombacha, das prendas, do chimarrão, dos torneios de trovas, da gaita ponto. Coisa única um Teixeirinha, um Borghetinho, um Porca "Véia", um Yamandú Costa. Maravilha, sim! Mas quando há o cultivo sem a imposição cultural de uma suposta superioridade.

E o sulista que não enxerga o outro como um igual, não vê o diferente como legítimo? Esse se assemelha àquele que se recusa a deixar seu bairro, ou a cidade, sua desde o nascimento até o fim dos seus dias. Tem oportunidades, mas as recusa, todas. Tem dificuldades ou facilidades e as aceita, incondicionalmente. Este é quase um irmão, cria de George Orwell, 1984. Este é quase um primo, cepa de Ray Bradbury, Fahrenheit 451. Diferencia-se daquele que se abriu para o mundo e um verdadeiro mundo de possibilidades abriu-se para ele.

Os que amam Luiz Gonzaga e Jackson do pandeiro, os que adoram Cartola e Paulinho da Viola podem ser discriminados e tratados como traidores das "legítimas tradições". O que no fundo é somente música. Música de qualidade. Meu Deus, quanta intolerância imposta por esses Torquemadas de chapéu de aba larga e bombacha!

E me recordo de um amigo muito próximo que usava em seu carro o adesivo da República dos Pampas, movimento separatista que visava separar o sul do restante do Brasil; ideia que ele defendia com unhas, dentes e tacanhice.

Dizia-me que o Rio Grande do Sul daria uma lambuja para os outros estados sulistas para que eles também se aliassem. O adesivo trazia um mapa da tal República dos Pampas com Rio Grande do Sul, Santa Catarina e Paraná.

Eu contra-argumentava que achava aquilo um absurdo e ria um riso nervoso de incredulidade que remete ao escarninho.

"Tira esse adesivo do teu carro" – pedia.

"Ele fica aí. É nisso que acredito" – concluía.

"Vai ser ótimo. Vocês não produzem petróleo e terão que importar do Recôncavo baiano e da bacia de Campos. As indústrias pesadas se concentram em São Paulo e Rio de Janeiro. Já pensou a quantidade de autopeças, de roupas, de plásticos que será importada pela República dos Pampas?"

Ele atacava:

"Em pouco anos estaremos autossuficientes. Cansamos de levar aqueles comedores de calangos nas costas."

"Comedores de calangos... Que comedores de calangos? Você está falando sobre os nordestinos?"

"Claro!"

"Olha aqui, *mermão*, sou teu amigo, mas jamais te esqueças de que sou filho também de nordestinos. Não admito que você fale mal do nordeste na minha frente, ouviste?"

Ele ria.

"Perdoa, guri, perdoa."

Ataquei.

"... e quando vocês quiserem tomar um banho de mar com água morna, ver coqueiros, pular ao som do axé, do frevo, do maracatu, que tirem então os passaportes para viajarem até Salvador ou Olinda."

"Isso não vai acontecer!"

"Claro que não. O gaúcho que quer sair em escola de samba jamais vai para o Rio, desfilar naquela suntuosidade, naquela beleza da Beija-Flor, da Portela, da Mangueira. Certamente o carnaval de Carazinho, de Viamão e de Pelotas é muito mais animado que o de Recife, que o de Salvador, que o do Rio. E se alguém quiser pular? Pulará fora."

"Isso não vai acontecer!"

"Claro que não! Sabe o que vai me dar pena?"

"Diga."

"Tenho pena dos brasileiros que amam o sul. Meus primos e tias e a grande massa brasileira, mineira, brasiliense, nordestina que adoram as praias de Florianópolis, a Oktoberfest em Blumenau, o vinho e o café colonial sorvidos na serra gaúcha."

"Que tirem seus passaportes e sofram na imigração!"

"Essas suas ideias são um tanto assustadoras, fascistoides mesmo!"

"Muita gente pensa como eu, gurizão, muita gente pensa como eu. Algumas pessoas pensam como tu; mas muitas como eu."

E o pior é que ele estava certo e ainda está. Vigora nos atos de muitos uma espécie de xenofobia, um ódio, uma repulsa ao diferente. Aos costumes estranhos, aos sotaques cantados ou carregados. Como se vivêssemos em países diferentes dentro do mesmo Brasil. Países que trariam rusgas ancestrais, religiosas, políticas, a serem resolvidas.

Com diferenças regionais, nos entendemos no Português herdado dos lusos. Mas nos separamos pela intolerância que levam carecas do ABC a surrar nordestinos e a espancar gays. Que geram adesivos com a frase "O sul é meu país" e o lema da rede de supermercados com o seu "Orgulho de ser nordestino".

Anos depois, duas Copas do mundo vencidas pela seleção do Brasil pós-1970. Calor infernal, tomamos o calçadão. Eu e meu amigo seguimos pelas ruas de Porto Alegre. Suados, cansados. Esse amigo também é parente, primo-irmão. Cúmplice outrora de cabelos compridos e *rock and roll*. Tivemos a mesma ideia e seguimos até a banca 40 do Mercado Público. Cheiro de peixe, de erva mate, de couro, de queijo, de fruta, de tudo.

Aboletamo-nos nas cadeiras e chamamos o garçom.

"Uma salada de frutas e uma taça de sorvete, as duas com nata batida" – peço.

Chegam os pedidos e começo a comer pausadamente os pedaços de manga, de abacaxi e de morango cobertos pela nata. Pura delícia refrescante a cada colherada. A cada dentada uma exclamação de embevecimento e saciedade.

Já pensou, ter que tirar passaporte e pegar filas em embaixadas para poder sorver esse manjar? Enquanto como, dou graças aos céus, à natureza ou à providência, por não ter vingado essa ideia da república separatista.

E tenho dito:

"*Vade retro* satanás da intolerância e da xenofobia regional!"

Itapiranga

Para vô Walter e vó Gertrudes (*in memoriam*)

I

Eu e meu irmão, meninos, cabelos castanho-claros em franjas. Corte que lembra Paul e John, dos Beatles, na metade dos anos 1960. Mas estamos no início dos 1970. Estamos sentados à margem do rio e esse rio é o Uruguai, que separa, nesse ponto, dois estados. Do lado de cá, onde estamos, localiza-se a cidadezinha de Itapiranga, Santa Catarina. Do outro lado, Tenente Portela, no Rio Grande do Sul. Passamos as férias na casa de um casal de tios e na dos nossos avós. Eu tenho dez anos, e meu irmão completará oito em três meses.

Período de chuvas. A água é barrenta, nervosa, rápida. Troncos, galhos, sedimentos carregados. Corajosamente um menino se balança em um pneu amarrado a um galho. A árvore parece firme. Eu não confiaria. Ele faz o pneu de balanço. Vai para a frente e para trás. Seus pés parecem chegar aos céus, roçar a nuvem bem acima do rio. Sua mãe lava roupa. Esfrega camisas e calças, até calcinhas, cuecas e meias. Bate uma a uma as peças nas pedras. O sabão em barra fica no chão, entre as duas pernas, ao alcance das mãos.

Mais uma balançada e o menino voa, a corda desamarrada, o pneu boiando, seguindo pela margem do rio. A mãe grita. Solta roupa, exclamações, desespero.

– Ajudem, ajudem, ajudem! Meu filho!

O menino vai descendo. Escutamos seu choro, seus pedidos de socorro. Mais nitidamente ouvimos o grito da mãe a poucos metros. Ela se levanta, pisa numa pedra molhada com água e sabão e escorrega. Cai sentada, as pernas abertas, a saia levantada pouco acima dos joelhos. Recompõe-se e continua:

– Ajudem, ajudem meu filho, por favor, socorro, ajudem!

Surgem homens, heróis, paladinos improvisados. Resgatam o menino no dia seguinte, 10 km rio abaixo. Sozinho, sentado na margem do Uruguai, esfomeado, chorava muito. Milagrosamente, estava vivo. Dias depois, início de férias, outro pneu foi amarrado em outro galho, na mesma árvore. Mais e mais meninos começaram a se balançar. Impulsos que iam até os céus, pezinhos que roçavam as nuvens e desafiavam todas as leis. Da gravidade, da prudência, e dos milagres, que não ocorrem sempre.

II

Meus avós, minha mãe e meus tios eram chamados de negros. Brancos pobres e brasileiros tratados como párias. A colônia germânica da cidade discriminava os que não falavam alemão. Ironia. Isso num lugar batizado com nome indígena. Itapiranga era assim. Rio separando catarinenses e gaúchos. Uruguai nessa época era barrento, volumoso. Na margem de cá, descendentes de portugueses, de espanhóis e de alemães, não versados na língua germânica. Gente despatriada, sofrida. Idosos saudosos. Pobres calejados sem dinheiro para voltar. Colônia, Munique, Berlim, nunca mais.

Meus tios a caminho do banho de rio e os meninos arianos pós-Hitler ainda perseguindo ciganos, judeus, eslavos. Thomas e Elga gritando de dentro do quintal de casa:

– Saiam, seus negros, vão tomar banho, levem sua sujeira daqui! – e pegaram pedras, e atiraram, quase certeiramente.

Cabelos loiros como os de milho. Olhos azuis da cor do céu. Céu interminável de pequenas e grandes maldades infantis. Xingamentos em português e em alemão. Impropérios diários proferidos nas duas línguas.

– Sumam daqui! – e o menino imitava um porco e gritava: – *Schwein, schwein, schwein*! – enlouquecidamente.

Cuspiu, e a saliva grossa passou perto do rosto de minha mãe, uns 12 anos antes de ela me parir.

– Suas nojentas! *Du bist eine Hure!* – continuou com os insultos.

Meu futuro padrinho não falava, mas entendia. Resolveu tomar satisfação. Dirigiu-se em direção ao menino um pouco maior do que ele. Pulou o cercadinho e ganhou a grama. Da rua, passou à casa dos outros. O insultador pôs-se em guarda. Não adiantou. Ganhou um soco na boca do estômago e outro no queixo.

– Puta é essa alemãozada que te pariu. Se a Alemanha é tão boa por que não voltas para lá?

– Seu desgraçado – diz o menino, num fiapo de voz, depois de cuspir o último dente de leite.

– Cala a boca, seu quase sarará, cala essa tua boca! Se mexer com as minhas irmãs novamente, te racho a cara com o machado lá de casa!

Elga dá um grito e atrai o pai. Ele vem de dentro da casa com um cinto. A fivela reflete a luz do sol intensamente. Rosto enfurecido de poucos amigos. Cabelos loiros, pele branca muito avermelhada no rosto. Não adiantam boinas e chapéus contra o sol.

– O que esse negro faz aqui no nosso quintal?

Meu tio, acuado. Num gesto desesperado, abaixa e saca do chão uma pedra. Não há tempo para miras. Num instinto teleguiado, ele acerta a testa do alemão. Atingido, o homem cambaleia, bota sangue por uma fenda aberta logo acima das sobrancelhas e cai, nocauteado.

Thomas e Elga nunca mais implicaram. Nunca mais xingaram. Nunca mais ofenderam. O pai deles, no dia seguinte, foi tirar satisfação com o meu avô. Pontos na testa, hematoma que parecia não ter fim.

– Bah, foi uma briga justa. Os dois são quase do mesmo tamanho – contra-argumentou.

– E a pedrada que levei na testa?

– Tu não ias bater no menino? Pois bem, ele só se defendeu da tua investida. Sorte tua que não batestes. Em filho meu ninguém toca.

O homem estava enfurecido, mas vencido. Meu avô, rindo, deliciava-se. Dificilmente saía do sério. Jamais brigaria com socos e tapas na frente dos filhos.

Minha avó presenteou o queixoso com uma cuca e meio quilo de manteiga caseira. O homem, desarmado. Adorou o presente, agradeceu constrangido, e foi-se embora. Sem brigas, ofensas, xingamentos. Ficou por isso.

III

Pode ter ocorrido assim.

Um homem jovem caminha por entre a vegetação espessa. Localiza os postes e usa seu exíguo equipamento para escalá-los um a um. Ele é um guarda-fios e sua função é restabelecer a ligação telegráfica interrompida por vendavais. Não usa capacete, botas. Usa uma capa de chuva, um casaco envelhecido e ainda um suéter por baixo. Pequenos ganchos afixados nos postes ajudam-no na escalada. Alpinista por profissão é ele, um guarda-fios. O frio de julho é intenso. Ele fala sozinho com voz monocórdia, lenta. Dialoga com o tempo, com a névoa, com o frio.

Um bafo surge do choque do ar quente que sai da boca em contato com o ar gélido da mata. O guarda-fios sente frio, muito frio. Saca de dentro do casaco uma garrafinha de aguardente. Tira a rolha com os dentes e toma o resto. É a sobra do calor que lhe esquenta as entranhas. Sorri, aliviado. Pega a rolha do chão, limpa na calça, guarda o recipiente. Do chão abre uma espécie de mochila e de dentro saca alguns metros de fio. Com um alicate corta a metade. Enrola a fiação em formato circular e envolve o pescoço. Inicia a escalada, decidido. São dias e mais dias no mato, dormindo em abrigos que a Cia. Telegráfica montou nas fazendas. Pernoita em algumas cidadezinhas. De uma delas retorna com uma menina pequenina, de colo, bebê. Envolta numa manta, nariz gelado pelo inverno do sul. Diz que a mãe não quis criar e resolveu presenteá-lo. O guarda-fios mostra o bebê à minha avó.

– Mais uma mulher – ela diz e sorri.

– Vais querer criar? Se tu não quiseres dou para outro – diz meu avô.

– Não, ela é minha. Deixa a menina aqui. Uma boca a mais, uma a menos, não nos matará.

– Pois então é tua, é nossa – responde, aliviado.

E à medida que a menininha crescia notava-se a semelhança física com minhas outras tias. O jeito, o gênio, os traços de nariz, tom de pele e boca. A dúvida não nos corrói mais. Além da carga afetiva, há a grande probabilidade genética. E mesmo que não haja, não há problema algum.

IV

Na minha memória essa cena não se apaga.

Meu tio Nestor me leva pelo braço para passear no seu trabalho.

Ele é uma espécie de gerente numa empresa que faz linguiças e vende carne. Chama-se Safrita e é enorme. Ele cumprimenta vários funcionários depois que vencemos o portão. Entramos num galpão e vejo muitos animais. Escuto grunhidos nervosos. Desespero dos que pressentem que a morte se aproxima. O cheiro é este: de sangue, de carcaças, de medo. O somatório de todos gera o cheiro de morte. Morte violenta de frigorífico.

Os funcionários prendem um porco. O bicho tenta se desvencilhar. Emite um som ensurdecedor. Agudo, enlouquecido. Suas patas traseiras são presas por pequenas algemas. As algemas conectam-se a um par de correntes e o porco é içado. O bicho é enorme e grita, grita, grita muito. Fica de cabeça para baixo, indefeso. Aproxima-se do bicho um rapaz com luvas de borracha que segura um garfo. Ligado ao garfo está um rabicho que vai dar na tomada. O rapaz enfia o garfo no focinho do animal. O enorme suíno emite um grito lancinante enquanto o outro mantém firme o objeto pontudo metido nas ventas em formato de tomada. Garfo eletrificado, descarga violenta, cheiro de carne queimada. A cabeça é lançada de um lado para o outro. Tentativa de fuga em vão. Patas e cabeça bem firmes – presas, animal de ponta cabeça. Imobilização total. Ele vira os olhos, emite um último som e se cala. Meu tio olha para mim e pisca. Eu não consigo piscar. Não consigo falar. Mais tarde, também, não consigo dormir.

V

Cacildinha tem dois anos e está acomodada no colo de seu pai. Seu pai um dia também será meu avô. Eles entram no quarto. Ele se estica para pegar algo em cima do armário. Esbarra na lata de soda, e ela cai. Abre-se no ar, aspergindo gotas esparsas como um chafariz abrasivo. O líquido corrosivo atinge as pernas da menina e uma parte da nádega. Ela grita de dor. Minha avó escuta o grito e corre até o cômodo. Vê a cena, entende o que se passa em fração de segundos. Pega a criança do colo do meu avô e corre para a cozinha. A menina ferida é enfiada até o pescoço em uma tina repleta de manteiga. Ela chora, se apavora, não entende o que acontece à sua volta. Meu avô pega a lambuzada e dispara para o pequenino hospital. Atendimento sem muita sofisticação, sem muito conhecimento na especialidade queimaduras. Meu avô não percebeu, mas o seu ombro do lado direito também está queimado. Quando abaixa a adrenalina, ele percebe. Voltara do hospital há pouco e não pensa em retornar. Simplesmente puxa a pele, estica o braço para a frente. A pele gradativamente desgruda da junção braço/lateral da barriga. Dor em quem percebeu a dor na filha, mas esqueceu-se da própria.

Cacildinha ficou com marcas, manchas. Pequenos afundamentos na perna e na nádega direita. Marcas. Manchas da vida. Recordações de como viver pode ser cruel, doloroso, imprevisível.

VI

Essa lembrança dói na alma e não no corpo. Lembrança do dia em que vieram buscá-la para estudar em Porto Alegre. Chegaram duas tias e a avó paterna. Tomaram um trem até Ijuí e uma jardineira aberta, assentos laterais, até Itapiranga. A menina fazia compras na venda e viu quando a jardineira estacionava. Sorriu e exclamou:

– Devem ser minhas tias. Vieram me buscar para que eu estude fora.

O dono da venda sorriu.

– E *pra* onde tu vais?

– Porto Alegre.

A menina pegou e pagou o pedaço de chita e voltou correndo para casa. Correu nas ruazinhas, venceu uma esquina, fugiu de um pequenino cachorro solto. Estacou frente à sua casa. Resfolegante, buscou ar. Um friozinho lhe tomava as entranhas. Entrou. Foi avistada pelas visitas. Tia Nair, tia Cacilda (a matriz), e Vó Lalaca.

– Eis aí a guriazinha.

– Pequena guriazinha, viemos te buscar para que tu estudes.

A guriazinha, estática.

– Cumprimenta tuas tias e tua vó – ordena o pai.

Ela se aproxima e beija uma tia na face, beija outra na mão, oferece um abraço manso, sem força alguma, para a avó. Dois dias depois ela atravessava a balsa em uma jardineira aberta, sentindo o vento e observando as águas do rio Uruguai que, neste dia, lhe pareciam calmas, movendo-se em câmara lenta. Levava uma mala velha, sapatos rotos e o sonho de melhoria de vida para ela, para os irmãos e para os pais. No ano seguinte seguiu no trajeto seu irmão. No subsequente, mais uma irmã. Aos poucos, todos deixavam a cidade pequenina que lhes proporcionava somente o primário. Buscas por ginásios, científicos, cinemas e livrarias que inexistiam por ali.

VII

Todas as férias, Cacildinha tomava o trem até Ijuí e uma carona até Itapiranga na boleia de uma caminhonete ou caminhão. À época inexistiam linhas de ônibus e, aos 14 anos, já mocinha, chegou à cidade com a última moda porto-alegrense. Usava um vestido um pouco mais curto, deixando que, por vezes, os joelhos aparecessem. As blusas vestidas eram as com mangas japonesas, com braços livres, totalmente à mostra.

No primeiro domingo foi à missa cumprir as obrigações católico-cristãs impostas na microssociedade. Igreja cheia, gente aloirada açoitada pela terra, pelo sol, pela falta de tostões. Ela usava um bolerinho, pequeno casaco para lhe tapar o peito e parte dos braços.

Com uma entrada lenta acompanhada por um sonolento coroinha padre Fritz iniciou a missa com cantilenas e sagrações. Tinha uma voz vigorosa e um forte sotaque alemão. Falava como se seu nariz estivesse entupido por uma forte gripe.

Entoou "Vocês vieram neste domingo" e pareceu que falava um "*Focês fieram...*".

A missa transcorreu ritualística até o final com fiéis embevecidos ou cansados. Provavelmente fingindo prazer, arrependimento, penitência. Ao final todos puderam comungar, exceto Cacildinha. O padre, ao final da missa, igreja ainda lotada, burburinhos que antecedem a ida à praça, convocou:

– Quero falar com a senhorita na sacristia quando tudo terminar.

Os colonos descendentes de alemães iniciaram o burburinho. Risos, piadas, comentários maldosos.

– Pensa, porque veio da capital, que pode fazer o que quiser – cochicharam.

– Com certeza alguma aprontou! – exclamaram.

– Essa juventude perdeu-se dos caminhos da pureza e da correção! – deduziram.

Quando tudo terminou o padre fez um sinal de gancho para menina e ela bovinamente o acompanhou. A igreja ainda não estava completamente vazia. Ainda ocorriam alguns risos, olhadelas, cutucões.

Entraram na sacristia. Ele sentou-se numa mesa de madeira de lei marrom. Ela ficou em pé.

– Quem a senhorita pensa que engana, ao padre ou a Deus?

– Como assim?

– Sim, porque com essas roupas que usas... A mim a senhorita não engana. É a Deus, que achas que enganas? O que tens por debaixo destas roupas impuras?

– E o senhor, o que tem aí debaixo dessa batina? O senhor a usa por quê? Não é para cobrir as tuas vergonhas?

– O que dizes, guria? – o padre, indignado.

– ...pelo mesmo motivo eu uso estas roupas e coloquei esse bolerinho aqui, *ó* – e apontou o abrigo que revestia ombros e peito.

– O que dizes, menina?

– Digo que o senhor é um falso moralista. Deus certamente não se preocupa com isso. Ele, o senhor deve saber, deve ter coisas, tarefas mais árduas a cumprir. Certamente quem se preocupa é o senhor! – e deu às costas e foi-se embora.

– Volte aqui, sua mal educada. Volte aqui, sua petulante, volte aqui agora mesmo! – gritava o padre.

Cacildinha saiu da igreja. Dobrou esquinas, atravessou a praça. Descansou à sombra de um bar repleto de homens. Chorava o choro do ódio e da humilhação. Entrou em casa ainda enxugando as gotas salgadas que lhe corriam abundantes no rosto. Sentou-se e foi servida de um copo de água com açúcar por sua mãe. Minutos depois chegou em casa o pai. Ela contou o ocorrido. Ele deu um soco na mesa. Pegou de uma gaveta do armário uma boina estilo resistência francesa, acomodou-a na cabeça e saiu para a rua.

– Eu mato aquele desgraçado! Eu mato aquele miserável! – ruminava entre dentes.

Atravessou a praça. Estava cego. Não respondia a cumprimentos, a boas-noites, ou aos que chamavam seu nome. Entrou na igreja, atravessou o longo corredor ladeado por inúmeras cadeiras. Entrou na sacristia. Avistou o padre. Entrou e fechou a porta.

– Seu desgraçado! Então tu és o paladino da moral e dos bons costumes na cidade? As filhas de Maria, as grávidas pobrezinhas, rotas, de sapatos e meias furadas, tu casas debaixo das laranjeiras; e a filha do prefeito, endinheirada, importante, também de barriga, tu casas na igreja sob as bênçãos tuas e de nosso Senhor Jesus Cristo. Não é?

– O que queres tu?

– O que queres tu!? Eu queria te dar uma surra para que tu aprendesses a ser gente!

– Tua filha estava quase nua na igreja.

– Quase nua? Ela estava vestida à moda da capital. Usava um abrigo para cobrir braços e peito e tu fazes uma desfeita dessas, humilha a menina na frente dessa *colonada* ignorante de merda?!

O padre, mudo.

– Na próxima vez eu te mato, ouviu, seu hipócrita dos infernos? – e quando ele pronunciou esta última palavra, o padre se benzeu – Nunca mais trate ninguém da minha família desse jeito! – e virou-se, e foi embora.

O defensor da fé itapiranguense ficou ali, calado, sentado, pernas e mãos trêmulas por alguns minutos. Anos depois descobriram meia dúzia de filhos dele espalhados pela colônia. Padre Fritz, defensor da fé, batalhador pelos bons costumes, inquisidor das ousadas indumentárias. Homem de Deus com o caráter meio reto, mas um homem bastante ereto. Protegido pela batina, a Bíblia por escudo, e dono de um afiado discurso de fé. Padre Fritz era, em uma de suas várias verdades, um grande e eficiente reprodutor.

VIII

Minha mãe fez o Normal e depois um concurso para ser professora em Brasília. Levou os filhos para passar férias com os avós e um casal de tios em Itapiranga. Itapiranga, cidadezinha em Santa Catarina que fica às margens do rio Uruguai. Nome indígena, colonização alemã.

Num canto do quintal minha irmã faz bolinhos de lama e dá de comer às suas bonecas. Brincadeira suja, nojenta. Eu e meu irmão pegamos a bicicleta emprestada da minha tia mais nova e seguimos margeando o rio. A estradinha é de chão. Repleta de pedriscos, terra batida pelos automóveis que volta e meia nos passam nos dois sentidos. Árvores dos dois lados. Eu dirijo, meu irmão vai na garupa. Possuímos em nossa casa cada um uma bicicleta Caloi. Essa é Monark e o freio não se dá com os ganchos afixados no guidão. O freio é contrapedal. Acelero. Começo realmente a pedalar mais rápido.

– Se segura aí – falo para o meu irmão.

O vento corta veloz nossos rostos e reparte ao meio nossos cabelos castanhos. Cabelos lisos demais, franjas desalinhadas, liberdade de um quase voo.

– Vai devagar – diz meu irmão.

– Não *tá* bom esse ventinho? Então segura aí – arremato.

Acelero mais ainda. Os pedriscos da estrada parecem voar. Dou nos pedais com vontade. Sinto o cutucão nas costas.

– Olha a pedra!

– *Tô* vendo – digo.

Acelero mais ainda.

– Olha a pedra! – ele diz novamente.

– Que saco! Já vi a pedra! – e continuo acelerando.

Quando chegamos perto, muito perto da pedra, eu aperto o guidão, e nada. O comando dos freios não se aloja ali. Só agora me recordo que a bicicleta tem freios contrapedal. Travo com força os pedais no sentido contrário. A bicicleta dá uma rabeada, se descontrola, e acerta em cheio a pedra. Voamos e caímos os dois no chão. Eu saio rolando acrobaticamente. Meu irmão cai seco, de cara no chão, e não se levanta mais. Estou todo sujo de terra; e das feridas das pernas lanhadas correm filetes de sangue. Saio manquitolando em direção a ele, que ficou atravessado entre a estrada e a ribanceira que ladeia o rio. Viro seu rosto para cima. Dou-lhe uns tapinhas nas faces. Ele não reage. Não tenho como colocá-lo na garupa desacordado. Não tenho força suficiente. Como ele iria se a tivesse? Atravessado como um peixe com a barriga para baixo? Ajeito a sua cabeça em uma macia gramínea. Vou até a bicicleta, levanto e descubro que os pneus estão bons, cheios, e apenas um ou outro garfo se entortou. Nada demais com ela. Apenas com a gente. Monto e saio pedalando para pedir ajuda. Pedalo, pedalo, ferido, a perna latejando. Árvores, árvores, rio de um lado, ribanceira de outro anunciam que as casas e ruas surgem em aclive à minha direita. Avisto a casa dos meus avós. Minha irmã ainda brinca de bolinhos de lama e as bocas e as roupinhas das bonecas estão imundas. Faço uma cara de nojo como se aquilo fosse cocô de algum bicho. Estaciono a bicicleta e entro correndo.

– Mãe, mãe, preciso de ajuda.

Minha mãe, meus avós e meus tios vieram correndo.

– O que foi?

Relato o ocorrido e enquanto narro estaciona uma caminhonete na frente de casa. Avisto o meu irmão sentado na carroceria.

Um senhor vai ao seu lado. Ele é ajudado a descer. Traz um galo enorme na testa e o rosto um pouco arranhado. Ele me fulmina com o olhar. Dou uma risada amarela.

– *Tá* tudo bem? – pergunto.

– Você é surdo? Não te falei da pedra? – me pergunta.

– Desculpa.

Ele entra, se senta em uma cadeira frente a uma mesa da cozinha e minha avó vai buscar gelo. O galo avermelhado, enorme, se destaca na testa.

Minha avó sorri.

– Pelo menos amanhã tu acordarás sozinho. Não precisarás da ajuda do marido da galinha *pra* isso – diz.

Todos sorriem, menos meu irmão. Até hoje ele me cobra o não desvio dessa que foi a primeira pedra que se interpôs em nosso caminho.

IX

Meu avô calmamente toma o seu chimarrão enquanto nos preparamos para partir. Tia Jussa, esposa de tio Nestor, ajuda a dobrar as roupas e a guardar nossos brinquedos. Não temos muitos. Dois carrinhos e uma boneca. A bola de capotão que ganhamos faz volume e fica.

Minha mãe dá mais uma olhada na casa. Parece abafada, um tanto sem ar. Mas nada diz. Sempre foi assim. É tal qual um iceberg. A maioria fica escondido. Pode-se apenas intuir.

Meu avô nos observa chegar à sala. Estamos prontos, cheirosos, de banho tomado.

– E então, gurizada, prontos para viajar?

Fazemos que sim com movimentos de cabeça.

As malas são trazidas por meu tio. Numa sacola minha mãe leva água, biscoitos e alguns sanduíches. Minha avó corta alguns pedaços de cuca e a sacola se enche mais um pouco. Estamos na sala e começamos a nos despedir. Meu tio coloca as coisas no carro. Abraçamos nossos avós, nossa tia de barriga e nossa tia afetiva.

Minha mãe abraça os pais com carinho. Agradece a estadia. Abraça as duas irmãs e entra no carro onde já aguardamos. O carro engata a marcha a ré e damos mais uma olhada nos parentes perfilados na soleira. Esticamos as mãos e com as palmas em concha, em movimentos de pêndulo de relógio, damos adeus.

Subimos a rua. Chegamos à praça, seguimos pelo asfalto e dobramos rumo ao rio. Estrada de terra, um vasto descampado, e o ônibus. Descemos do carro, entregamos passagens, guardamos as malas no bagageiro. Abraçamos nosso tio e, não sei por que, me veio uma tristeza. Tristeza parecida com a que senti quando vi o porco morrer. Aquele gancho eletrificado entrando no seu focinho. Senti o coração disparado, a falta de ar, a náusea. Senti uma dor na alma. Olhei para minha mãe e percebi que a sua devia ser maior, muito maior. Do tamanho do céu, das florestas. Ganchos eletrificados espetando os focinhos de todos os porcos do mundo.

Todos acomodados. O motorista deu a partida. O ônibus seguiu em ponto morto e lentamente entrou na balsa. Carros, muitos deles. Belinas, Corcéis, uma Rural, Variants, muitos fusquinhas.

A balsa deu a partida. Pesada, decidida, repleta. Foi atravessando o rio em marcha lenta, orientada. O Uruguai estava calmo. Olhei através da janela Itapiranga que ficava para trás. Minha mãe abriu a sacola e retirou um sanduíche.

– Estão com fome ou deixo para mais tarde?

Não aceitamos. A fome ainda estava longe. Santa Catarina e Rio Grande do Sul estavam muito perto. No meio do rio, na fronteira entre os dois estados. A balsa seguia atravessando gigantes. Ônibus, caminhões, muitos veículos de passeio.

Nossa mãe estava por lá. Guiando seus filhos. Não era viúva. Não era desquitada. Era casada. Mas estava sozinha, como no dia do meu parto. Sozinha com suas lembranças, com suas andanças, com seus reencontros e, principalmente: com seus sonhos esquecidos.

Brasília, Brasil, março de 2012
Formato: 14 x 21 cm
Tipologia: Electra LH Oldstile Figures corpo 11
Tipologia para títulos: Electra LH Oldstile Figures corpo 17
Papel de Miolo: Offset 75 g/m^2 (metros quadrados)
Papel de capa: Papel supremo 250 g/m^2 (metros quadrados)
Número de páginas: 124
Impressão e acabamento: LER Editora Ltda.
Tiragem: 200 exemplares